違憲紀念日

唐墨　著

目次

卷二、一門忠烈

卷三、肉域

卷四、出清，不只出櫃

推薦序

就唱自己想唱的歌

陳思豪牧師

我是牧師，先說說「聖經」怎麼看「性行為」這回事，算是解釋一下為什麼基督徒在「性」這回事這麼緊張且執著。

就不談偷懶基督徒的看法了，偷懶基督徒其實也不在意聖經怎麼說，只是人云亦云，不明就裡把一般傳統倫理道德冠上基督教名號，就理所當然從教內管到教外了。所以，會有基督徒堅持不可以「婚前性行為」，信誓旦旦這是上帝的心意，強調要婚前守貞，其實這是誤會。

舊約聖經希伯來文以「認識」（yada）這個字來表達「性行為」，這是一種「親密的認識」、一種連結。不僅是知識概念上的認識，也是經歷上的認識。所以，基本上，當兩個人發生性行為，亦即，此二人的生命連結了。我相信有過性行為經驗的人，應該理解聖經所說「連結」的意思。只是聖經認為這樣的連結是永遠的，不是暫時的。

我前面說有基督徒堅持聖經禁止「婚前性行為」，如果這裡的「婚」指的是「婚禮」，那就是很大的誤會。其實，聖經禁止的是「婚外性行為」，婚姻外的性行為。差別在哪裡？差別在，聖經認為，是「性行為」使兩個人生命結合，不是婚禮或誓約使兩個人生命結合。亦即，不論是否有婚禮、誓約，當兩個人發生性行為，此二人生命就結合了，就已經是進入婚姻了。一旦進入婚姻，就不可以再和別人發生性行為。因為，性行為使生命結合。

好。這是聖經對「性」的看法。基督徒認為是真理、奉為圭臬、視為準則，遵行不悖理所當然。但是，這是聖經對「性」的看法；不是世界對「性」的唯一看法。基督徒自己可以遵守，但不應該對非基督徒說三道四，強加施以價值判斷，甚至私開道德法庭審判定罪不同看法的人。

這是一個簡單易懂的道理，卻被莫名其妙複雜化而陷入一蹋糊塗的混淆。

男生就要有男生的樣子啊？

老實說，《違憲紀念日》是本讓我看了會皺眉瞇眼的作品，作者各樣對關係、心境上的描述都讓我大開眼界、噤聲無言。這……這和我原本的認知和信仰規範差太多了。就算書裡完全沒有LGBTQ，而僅僅描述異性戀，都仍舊是禁書無誤。然，作者是以同性戀者的視域來描述情愛慾性的嗔痴喜怒，反而提醒了我「不同」的存在，並對父權挾制的覺察。

我們往往迷信於「正常」的謬思中，認定非我族類其心必異，對「不同」加以撻伐凌虐。事實上「異」是無可避免的，且即便是「異」仍然得互相尊重並善待。因為，所謂「正常」其實並不存在，而「不同」卻是常態。憑什麼我們社會要以「父權」擬定出「正常」的定義，然後來檢視、歧視、凌辱其他的「不同」？

如果我們願意細細分辨，當知，不同才是豐富的底蘊，差異本是多元的由來。

聖戰其實沒有智或不智之分

作者在〈最不智的聖戰〉一篇中述及宗教對同性議題的愛恨情仇，其實在這次二〇一八的公投案中有極遺憾的呈現。佔台灣人口不到6%的基督徒，以大量假新聞、偽訊息，佐以扭曲恐嚇的幼稚級論述，有效地操縱這次選舉結果。打贏了基督徒口中的聖戰。

孰不知，從第四世紀羅馬帝國將基督教定為國教以來，只要是「以神為名」的聖戰一出，人的理性和智慧就歸零。人類歷史的聖戰無一不是悲劇，基督教一路以來殺科學家、殺女巫、殺教內異端……到廿一世紀面對性少數族群仍然不手軟。聖戰其實沒有智或不智之分。只要「以神為名」出征，就是悲劇。

除了娘之外

基督徒最喜歡談「愛」。然而耶穌基督談「愛」時，要求基督徒的是「愛仇敵」。天！「仇敵」怎麼可能愛得下去？當然愛不下去的，如果我們總是記得那是仇敵的話。要愛仇敵，得開始看得出這個「仇敵」是仇敵以外的特質和優點，才有可能愛得下去。

作者在書中問，「除了娘之外，你們這些傢伙難道沒在我身上看到別的更值得討論的特質了嗎？」此問乃大哉問。

人既已勇敢問了，接下來就是我們要用心答了。

淡淡的文字，帶著些許沉重，這些似曾相識的故事，讓我勾起了回憶，原來我們都曾經這樣走過、痛過、開心過。

網紅／四叉貓

少數之於主流，彷彿妖魔；邊緣之於中心，宛若罔兩。看新一代酷兒的唐墨在散文集中，如何以妖魔為傲，以罔兩自居，依舊活得繽紛。

作家／盛浩偉

序 為愛而戰

湯姆丈夫搭飛機跨海去找他。湯姆死了。我們看見湯姆丈夫的臉書貼文，才意會到湯姆丈夫最近焦慮的原因。後來大家都在討論湯姆與他丈夫的事情。

他倆，最後一面也來不及見著。湯姆的事情其實也都是出自湯姆丈夫口中，沒人當面見過遙在舊金山與病魔黯然獨鬥的湯姆，大家只是剛好都認識湯姆丈夫，在街頭上見過他——穿著粉色頑皮豹布偶裝，手裡高舉著婚姻平權彩繪看板，站在集會遊行路口，彷彿自體隨身鑲嵌喇叭大聲公一樣，無時無刻發出各種聲響，或用肉聲嘶喊，吸引路人注意。

「我們在這邊啊活生生的！都在這裡！」那是來自櫃門邊的宣告，有些人選擇拒絕聽見，甚至要摀住我們的口鼻。被略過無視的同志，只是人，也只是人。同志就只是人，沒有其他附加的條件與屬性，也沒有哪裡特別不一樣。從來不奢求要什麼不一樣，神不必加給我們，但求不要剪去飛翔的意志。

無分寒暑都是頑皮豹或各種布偶裝的扮相，宛如將士披著戰袍的，就是湯姆此生最後的摯愛，我們都叫他「豹民」。與那總是佔領集會遊行制高點，招搖著六色大纛的彩虹長老一般，替人們做開路壓陣的大將。也許豹民不敢僭越，總是把鏡頭讓給灰白頭髮的彩虹長老，可在我心中不僅僅是彩虹長老值得尊敬，湯姆的丈夫豹民，還有把丈夫讓給大家、讓給台灣人權運動的湯姆，以及，所有在這條路上有名字或沒名字，無論是不是同志、露不露臉，都一樣偉大。偉大得替他人的福祉著想奔忙，卻疏顧了自己的身心。

而我，加入這支日漸壯大的隊伍，參與每年的大遊行；到後來陪伴平權小蜜蜂成群結隊，四處分派文宣如散花蜜，對抗那些阻止我們獲得幸福，各種以幸福為名卻又踐踏他人幸福的聯盟，都是很晚很晚的事情了。

畢竟，彩虹長老在麥當勞出櫃，請記者喝柳橙汁的那年，我也才剛出生。我什麼都不知道，但也什麼都曉得。

三歲的時候，跳到小叔的背上求他揹揹抱抱。小叔愛穿皮衣，那個年代阿諾史瓦辛格正當紅，還有克里斯汀史萊特的青春黑色電影《希德姊妹幫》、強尼戴普的《剪刀手愛德華》，黑皮衣、黑風衣、還有帥爆的摩托車，流氣不羈又痞壞的形象在小叔身上若即若離。我廝磨著黑皮革，男體勞動後略臊甚至帶點酒氣的芳醺，差不多就是在那個時候灌入腦門，成為一種嗎啡。沒有人分析過我的行為，長輩都說只是跟小叔比較投緣。

可小叔死得早，這個緣很短、很淺。後來在遊行隊伍裡也看到了皮革軍團，由一群彪形大漢組成，渾身包裹著膠般光澤的皮革；或點綴性地在全裸的軀幹之間遮住重要部位；更甚者，蒙上犬型皮頭套，全程趴跪在地上如牲畜一般被牽著脖子走。我大膽開約，把那些皮革軍團一個個約出來，然後想像他們就是我的小叔。夜裡的小叔活在皮革外套底下，當我廝磨著皮革的觸感，他就活回來一次。

皮革軍團衝擊保守陣營的目光，影響了中間勢力的決斷，基於相忍為平權但實在不希望他們過於裸露的同志從沒少過，甚至因為保守陣營用他們的照片散布謠言，這些皮革軍團終於被歸類為戰犯。但也是因為有了這支雄武的皮革軍團，現在沒人敢說男同志都是娘子軍了。每個穿皮革的漢子，身高不是一七五、一八〇，就是體重逼近破百但體脂適中，勇壯的肉身是錘鍊後的成果，虎背熊腰大概一般的異性戀直男也不是他們的對手。

擺脫刻板娘氣的皮革同志們，是否跟我一樣都曾有過一個小叔、表哥、堂兄等等諸如此類的存在，我不敢說，畢竟戀物的基因至今沒有確切的科學根據，無法證明這是性傾向的常態或變態；當然也不是早熟或太快欣賞限制級電影的後果，應該說是反過來，先有了那層不知道是欲望還是對愛的想像為動力，才驅使我們去接觸了那些，大人不想讓孩子看但又自己特別愛看的情節。

除了對小叔的情感之外，對性別特質產生疑問，還有四歲那年，看素還真一頭長髮秀麗還簪著蓮花，談吐端莊儒雅，首先就對男人的髮長與服裝有了突破性的見解。是，男人可以而且也本來就是長頭髮的，翻開古書，剃短的，非囚即盜。於是我國中以前就不斷在頭髮上做文章，小三的時候髮長及肩，小六就燙過金毛捲。到了國中，參選學生會長，第一個政見就是解除髮禁，那個連教育部都沒有明令禁止的髮線，本該放寬。多年以後的現在，國高中的髮禁正式解除了，我甚感欣慰地自己終於也是那無名的先驅之一。我也想要爬到樓頂去高喊，這就是性解放的重大成就。

人們或許會說，才四歲，怎麼可能懂什麼；而我卻要說，已經四歲了，還能有什麼不懂的！幼稚園被同學嘲笑的時候，我就知道，大家都已經學會了性別差異。為何男生要用那些粉粉紅紅紫紫的包包袋袋，他們笑鬧，我從包包裡拿出素還真彩色照片跟他們對嗆。人家也是男的，還喜歡穿紅披風呢！而且，頑皮豹不也是粉的！米老鼠的底褲也是紅的！美少女戰士水星仙子就穿藍色的，難道你是水星仙子的粉絲嗎！

我向來對於自己的辯才無礙感到驕傲，而我也的確延續了這樣的砲火威力，直到遇見豹民和其他盟友，依然是網路的言論高射炮，專門抨擊不實謠言以及對同志的污名和歪曲毀謗。

一邊跟恐同團體駁火，一邊卻在臉書上看見寂寞的豹民，飛去舊金山處理湯姆的後事。我們悲戚，在這條一起奮鬥的路上，先是為了讓大家能夠拋頭露面，就費去了十年或者更多的青春歲月；終於可以大方地說出性向而不怕丟工作之後，現在又要為了能夠合法成婚而繼續奮鬥。還能有幾個十年沒人知道，像湯姆就沒等到。相愛相守的法律權益都無法獲得，同志只能默默地往深淵裡潛伏，像社會裡的一顆痧子病毒，埋伏在神經結。表面上永遠是那樣的「正常」，可又隨時在尋找毀滅自我的方法。無人知曉，這些痧子何時會爆發。像哥哥那樣一躍而下；像一尾傷痕累累的鱷魚那樣剖開自己的心；像一朵早凋的玫瑰，染了一地的血；像一片枯去的葉子緬懷曾經的青。

沒有一個人，沒有任何一個反對同志結合的人，是用他的全副靈魂在反對同志，更沒人繳付出實質的生命，用命來對抗同志。有哪一個反對同志、恐懼同志的人願意站出來，以死相諫，我讚美他。想必是沒有的。

可我們卻每天都在失去我們，那都是一條條命。加入了隊伍之後，覺得自己每天都在剝落，像被介殼蟲蝕去了色彩的枯木，聽說某某走了、聽說誰又割腕。一天一天凋零的老樹，自長老出櫃以來，三十二年了，散去的花蕊曾是荷花池畔哪一個龍子或阿鳳？還不懂嗎，快停下自我毀滅的刀刃，我們的存在本來就是一樁悲劇，多餘的血並不能帶來更多的同情，只會讓平權的隊伍變得更弱勢而已。

夜裡，我們曾在新公園裡互相撫慰療傷，儘管那是很老派的作風了，但至今無法想像，如果天子腳下沒有留著最後這吋樂土，當年的我們還能退往哪裡去？也許傷亡會更多，那些挺過九一八、撐過八二三的老兵還能去哪！我勉強趕上了一波繁華，在新公園裡巡遊、獵食的日子，等到費玉清的晚安曲響起時悄然如夜霧般離去。白天，幻化成人形，繼續禁聲躲在人群裡。某日，新公園的圍牆拆去，春神的獸終於可以進入人間，踐踏著芳美的露草，我們安穩地待在這片公園、這座城，不再被驅離。我們都在尋找愛。尋找另一個自己來愛。所有的電視電影、小說戲劇，最終人們都能找到自己的愛。何以我們就得做一個聖徒，戒斷那些因為愛而產生的接觸行為，只因為渴慕肉體慾望，就被阻擋在成家的條件之外？如果那樣子的神果真存在，不，那樣子，還能被稱為神嗎？

價值觀的戰役從街頭打到網路上，戰火一場一場引燃，我們疲於奔命之際還要顧著戀愛，為愛而戰聽起來浪漫，做起來卻總是讓人感到無奈與不堪。

街頭的叫陣是最初階的砲火，是辛苦的肉搏體力活，反對我們結合的那群人正是每天都在替人主持結合婚禮的人，他們的尺，有著崎嶇的刻度。他們帶著兒女妻小，穿上白衣戴著口罩，深怕被認出來地惶惶然如一道道幽魂，在封阻的街上喊著口號；是神的差派讓他們這樣痛恨，還是心底的鬼魔驅使他們對未來產生恐懼？每一個我們，都是父母生養而來的，我們沒有學習父母的模式成為父母，那不是父母或家庭婚制的問題，是我們，是我們本來就沒有被內建這樣的程式。接受了足足九年「爸爸早起看書報，媽媽早起勤打掃」那麼根深蒂固的父權異性戀教育，結果呢？我們還是同志，我們沒有分誰是爸爸媽媽，我們都可以是爸爸也都可以是媽媽。

嗜甜的舌，可能是後天糖果的育成，也可能早慧於羊水的浸潤。既然是無法定論的，又要怎麼定罪呢？

豹民每天都會在臉書上傳近況，主要也是希望大家放心。可是就像彩虹長老說的那樣，沒有一點功力是撐不到現在的，長老畢竟是長老。我們都在擔心，每個晚上擔心豹民受不住，穿上心愛的頑皮豹，蒙頭蓋臉的隨便找個地方就自己開開心心地去找湯姆了。

我們好怕再失去任何一個盟友，異性戀名人勇敢表態支持同性戀之後的那幾天、那幾個月，又恐怕抵制的聲浪讓他萌發退意。我們擔心，所以必須將下輩子的熱情都預支來聲援豹民、聲援這些異性戀盟友們，瘋狂地湧入臉書去點讚、去分享每一則貼文。

這才是網路戰的真相，不時有許多訊息灌入手機，公聽會或甚麼重大遊行的前一周就會開始響，四面八方有朋友的活動邀請；平權小蜜蜂的賴群揪團；網紅四叉貓的敵陣直播，原來這並不比街頭巷戰來得輕鬆，逼得人沒有絲毫喘息的機會，太多的訊息要消化回應，還要擔心漏了豹民與其他人隨時可能心靈脆弱的動態。一有新聞半夜發稿，就可以看見線上同溫層瞬間升溫，所有人都在討論、分享和轉貼，深恐晚了一秒，邁向自由平等的信息就會被這個資訊爆炸的世界淹沒；隔著網路，知道戰友都還沒睡，心裡頭比溫暖更多的是無奈與不捨。

借用一位女性主義作家的話，其實，同志們比誰都希望有一天同志運動全體崩盤瓦解；所有的同志團體都不復存在；同志專屬的夜店、三溫暖、發展場消失殆盡；紅樓四周遊蕩的不再只有同志。就像在圖書館、車站、醫院、運動中心一樣，人和人之間的差異僅僅是因為個體，而非性別或性傾向。不再有人需要跳出來喊：

「我是同志」的那天，才是同志運動成功的日子。至於那日子或那時刻，本來是沒有人知道，連天上的天使們也一直不知道，如今，卻有了期限。

五月二十四日，是我們的違憲紀念日，我們終於盼見。因為我們也相信尋找，就必尋見。

021　序 為愛而戰

卷一

男孩子就是要喜歡
男孩子這種陽剛的東西

幽靈馬車的副駕駛

他坐在宮壇外的板凳上，像黑白郎君一樣開了半張臉；勾勒著凶煞的紅漆藍彩，裸著剛刺上線稿的半胛，朝我這裡一瞥，噴了他那貪眷不捨，開臉前的最後一口煙，一腳把煙頭踩在地上。

底迪，他說，等一下會放炮喔，閃遠一點。轉頭就與他的家將弟兄們嘻嘻笑笑地幹話連連。熟了以後他也對我說那些當時我還不太懂的幹話，我只知道像他那樣烈性的人，無法甘心臣屬於任何一個陣營，出陣可能只是暫時的選項。

黑白郎君永遠只順著自己的喜惡做事，駕著幽靈白骨馬，拉起一架美國西部式的皮帳篷，遒勁的馬車在曠野中配著搶來的《忽必烈進行曲》疾馳。擄人掠寶或是攜幼扶老，全憑心情。他在馬車中講話的時候，皮帳篷會透出一陣陣金光閃閃，浮現出他狂傲的剪影。馬車時速飆破百里的同時也可以發出宏大的氣功，人車一體，他是布袋戲界的馮迪索。

廟會結束後，跟著他前後腳跳上他全白的「頭優塔」，喇叭旁的電音動茲動茲比掌風強勁，帶著我衝破這個無聊的臨港小鎮，兩人到天涯海角去。是黑白郎君，開著他的幽靈馬車載我去兜風呢！但最遠總不過是關渡，拜了媽祖，當作他的還願，我備著約莫三天份旅用衣物那麼厚重的期待，然後屢屢落空。

打包了要陪男人浪跡天涯的行李，那時我才五歲，正是最沉迷看布袋戲的時候，深深迷戀這個開著「頭優塔」的台客大葛格，從螢幕跳出來，具現化的黑白郎君。當他將我送回家門前的巷口時，我不曾帶走任何禮物而倍感失望地離去。

播出集數已經超越《雲州大儒俠》的《霹靂布袋戲》，正式申報且登錄了金氏世界紀錄，世界上最長壽的木偶連續劇。素還真出道三十周年，只小我兩歲。在那棟老透天祖厝裡的頂樓加蓋，父親出門上班後，母親就在樓下照顧祖父母的起居，台客大葛格沒空找我的日子裡，我就一個人安分地抱著小電視機，看布袋戲在黑盒子裡頭瑞氣千條，映像管華光四射，一次次重播，讓我的眼睛早早有了散光。現在一週會出兩集DVD，從前只來得及發行一捲錄影帶，每個禮拜央託父母親帶我去錄影帶店追新番，是固定的行程。

在我出生前兩年，激戰中的史艷文與藏鏡人被黑白郎君一踢，雙雙飛出七彩清聖橋，行蹤不明；後兩年，還沒忘記北管怎麼唱的素還真，吟嘯乘蓮，飛上翠環山玉波池。出道的第一件大事，就是他的徒弟擎天子與黑白郎君生死鬥，素還真得出面平定風波。

黑白郎君踢出了世代的頭尾，也踢出了他註定要卡在世代之間的命運。史艷文敗在黑白郎君之手；黑白郎君卻只能跟素還真的徒弟拚個平分秋色。橫行天地間，臉上不黑也不白的黑白郎君，站在尷尬的位置，用他的桀驁不馴對這個社會發出嘲訕。上沒有出路，下沒有退路，被巨石壓在中間，黑白郎君儼然就是以巷口那些跳家將的人為藍本，也許不知道自己在做什麼，但喜惡告訴他，在江湖道上混的是義氣，義氣沒有什麼道德可言，純然是一種順著自己的喜惡為標準，道不同，不相為謀而已。

我曾想過，如果和黑白郎君這樣狂派作風的人同乘一車，會發生什麼事呢？封閉的空間，兩個陌生的男人並肩驅車，其中一個是永遠不按牌理出牌的，另一個呢，是軟弱低調沒自信的五歲醜小孩。你要做什麼都可以喔。當年我就有這樣的念頭，當我能夠踏進幽靈馬車的那一刻起，我就算是進入了黑白郎君的內心世界了吧。每每在他將人吸入馬車中運走的時候，想一起被吸走的慾望就不斷湧現。五歲小孩也是有慾望的，至少我是。走進愛車如癡的男人的車中，就代表了在他心中某種階級的提升。如果能坐上副駕駛座，那就是正宮等級的恩寵了。

陰晴無常的他，甚至也超越了性別。我親眼看他勾著女朋友一樣的女孩，卻又常常去偷摸、偷打家將弟兄們的屁股與下體。萬變魔女看上黑白郎君的根基雄渾，一度附在他的身後，雌雄同體在武林為亂。那是真亂，料不準他的下一步，無法推理，超越邏輯，好人壞人走在路上都各有五成的機率被幽靈馬車衝撞。男人女人亦各有一半愛上他或被他愛上的可能性，江湖中人避之唯恐不及，怕被愛情沖淡了仇恨，更怕被萬變魔女擄為補陰的食糧。

在「頭優塔」的副駕駛座上沾沾自喜，吃著台客葛格買的麥當勞蘋果派，和草莓奶昔，我肥潤得理直氣壯，那也是他希望的。是某種養成計畫的進行曲。一邊的世界搭著他的車四處巡遊，最遠還是不會超過關渡，特別是關渡宮，他心靈的故鄉；另一邊則是陪著黑白郎君繼續追追追追追，追了百餘集後的劇情，幽靈馬車被拗成了素還真的發明，輾轉送給黑白郎君居然成了素還真安排了一百八十年以上的計謀。我是這樣見證了一個史英雄的殞落和素賢人的誕生，從此往後，素還真主導了所有劇情的發展，所有反派也都是為了倒素而存在。黑白郎君呢？被他的父親黃俊雄帶走了版權，從此與素還真的父親黃強華分道揚鑣，兩人就算緊鄰著隔壁棚也是無緣再會了。

我也與我的黑白郎君分別多年。為了讓我離開這個祭祀過度的小鎮，我們舉家搬到比關渡更遠的台北市裡，從此超出了他帶我兜風的範圍。就算他想留 B.B.Call

給我，當我有手機可用的時候，他的 B.B.Call 也早就已經不能通訊了。

猛然想起他，我站在每次他停車等我的那個巷口路燈下。至少我還記得淡水大拜拜的日子，沒有預料會再遇見他或者被他認出來，台客大葛格畢竟也坐三望四了，但就是一絲未斷的希望，在國中畢業的那年突然洶湧而現，賭個運氣，刷了悠遊卡搭捷運，返回那居住多年的淡水老家，當作看看廟會也好。回到老家的巷口等著，看廟會的陣頭已經走過三分之一，家將的臉譜將他隱去，或者他躲在大莊仔裡面，無從知曉，只能藉著記憶中的身型去判斷，那個砍得滿臉見血的乩童身上是否有跟他一樣的線稿半胛。

戲劇化地，他從馬路對面一樣的那台「頭優塔」車中走了出來，隔著陣頭的人龍，對我招手。黑白郎君的愛車沒有換過如是，但他的臉上多了些沉穩。他認出我，我不知道他怎麼辦到的，五歲到十五歲我的臉和身形至少變了七成以上，但他還是認出我了。寒喧幾句，很早就沒玩陣頭了，他找到自己想做的事情。黑白郎君也有一段時間加入素還真的陣營，就為了報答素還真的順水人情；後來悄然離去，想做點自己的事情。

像五歲那年一樣，問我要不要去兜風；我也像五歲那年一樣跳上他的愛車。車也是駒，一切如故的幽靈馬車在登輝大道奔奔奔奔奔。他卻沒像我五歲那年一樣冷靜了，一手按著方向盤，另一手剛打完擋，就順勢往我的大腿探來。是綿指十八扣，黑白郎君的絕技，在我兩股之間游移。我驚嘆他的耐性，以及心願的遂成，於是我還手。童子身的我有最純的純陽掌，往他的純陽撫去。

當我摸到他的胸膛時，他的心跳比我還快。這樣一個脾性火爆到街頭巷尾都退避的人，卻是極有耐性地等待我的熟成。

一如黑白郎君對上他的宿敵網中人。港劇《天蠶變》熱潮席捲兩岸三地，偷走《天蠶變》主題曲當作登場配樂的網中人，雖是蜘蛛外表，卻擷取了雲飛揚成繭化蛹的特性，擁有布袋戲史上第一個不死金軀。

透過死而復生的蛻變，功力也不斷茁壯。黑白郎君永遠殺不死這個宿敵，就這麼一路打殺，纏綿不休的恩怨不斷增長。然而，真正令人感到奇怪的是，黑白郎君是會死的，網中人卻永遠都不肯殺死黑白郎君。即使在他最落魄的時候，網中人不僅沒下手殺他，反倒還出手助他。這兩個人的基情，就在網中人一次次復生，黑白郎君一次次的等候，以及兩人互相一次次的挑釁之間勃發。他們是相愛的啊對著嶄新的精緻戲偶驚呼，俊俏的兩個男子，令人腐心大作。

布袋戲很早就在鋪陳同性戀情節，那是通瑤池與八面狼姬的性愛場景，經典露毛影片只因為傳統戲曲類不必送審，六歲我就見識到，女人與女人的愛恨情仇。不對，我現在才想到，通瑤池，她跟金陽聖帝亦敵亦友，難免數百年前也曾有過；而八面狼姬更是金少爺不離不棄守至最後一口氣的老相好。啊，看這布袋戲裡的情慾流動得讓人摸不著邊際，異性戀雙性戀同性戀從來就不是重點，武俠江湖恩恩怨怨，風波肆險，情節動人，卻不過都是映照人生。東方不敗的性別欄位當然是「東方不敗」。當武俠玄幻已經走在這麼前面的時候，卻還在三十年後有人跳出來宣揚一男一女一生一世一周一次呢！

台客大葛格的耐性在見到我的蛻變之後炸裂。我就是那坐鎮八卦帳的交趾一邪郎。車子開入台北市，開到中山足球場，往停車場裡鑽。第一次帶我跨越了大度路的界限，幽靈馬車要幹壞事的前兆。幹壞我吧。我沒有跟他說這是我的第一次，他一如我幻想了十年的那樣粗野而不懂情調，硬是在我的關口上猛吐口水，隨手亂抹。後來我特別對男人的口水有好感，應該是他的關係，初次性經驗一定會影響後半生的性福，這我全然同意。吃過一次異男同學的口水，我躺在同學腿上，仰首期待他的甘露從天而降。果然立刻勃起，比春藥還烈。

　　胡搞瞎推了好幾十分鐘，我在中間有點出離了當下的肉體，意識到啊這個就是新聞上說的車震啊，看見車窗外還是張狂的六月底的豔陽。回想這中山足球場尚未成為花博館的時候，曾是這樣一個杳無人蹤值得逡巡偷窺的車震鳥點。

　　有感覺嗎？他問。

　　什麼感覺。

　　我射在裡面了啊。

　　沒感覺耶。耶，等等，有了有了有感覺了，好滿好滿，脹脹的感覺。

　　（好像蜘蛛要噴吐絲網的感覺。我是他期期等待的網中人。）

　　我不忍無視他過度自誇的技術或噴射量，那樣好像是我性冷感的錯一樣。但我第一次啊我根本不知道內射會是什麼感覺。我想我還是傷到他了，我的謊沒圓成，下車的時候，他跟我要了電話，但在那之後，他只打給我過一次，唯一的也是最後的一次。

　　啊，被內射是有感覺的。一個禮拜後，我發了一個小燒。不斷地在網路上爬文，每隔兩天就在擔心自己會不會還有喉嚨痛全身疲軟拉肚子起斑長疹等病灶，對愛滋與安全性行為的無知，這慮病症就是被內射的感覺。撐了三個月過去，心驚肉跳地去排隊等匿篩。有那麼一下下，在我進入診間進行諮詢之前，我忽然期待檢驗的結果最好是陽性。希望他像萬變魔女一樣附在我身上，永遠。結果讓人灰心也安心，匆匆的十年間，台客大葛格從未留給我任何一個彌足珍藏的寶物，而我的十五歲就要這樣過完了。

最後也是唯一的那一次，我告訴自己再也不要與他糾纏了，接起他的電話。他說他要結婚了，想寄帖子給我。已經是兩個孩子的爸，婚禮只是女方家長想要補請客。他依然是那樣無法分類在任何一個陣營的，也不知道自己什麼時候彎，什麼時候直。掛上電話的當下我驚訝，但又意會過來，果然沒看錯，他還是當年那個載我驅馳的黑白郎君。

033　幽靈馬車的副駕駛

尋找娘溺泉

你想要什麼樣的能力？

貫通全身血脈，集氣衝破界線成為第三段超級賽亞人；撿到一面宿有戰國英靈的牌位，用武士刀召喚鬼靈附體；以最強的咒法，控制封印在左手那隻史上最強惡鬼；吃一顆讓身體延展性直逼橡膠等級的果實；揮舞一把連空間次元都能一分為二的刀；或者在口袋裡裝著六顆能把奇珍異獸收服的塑料膠囊；還是可以丟出踢出或投出冒火閃燃轟擊整片不管是什麼球場的不管是什麼球？

想了不只一百遍，每次在幼稚園跟那些鬧著自以為有超能力的傻蛋同學們聊起昨晚看過的卡通劇情，你都只會想到那部以詛咒之泉為題材的少女系格鬥動漫。虛幻架空的中國背景，青海省不存在的咒泉鄉，全鄉境內佈滿各種泉池，掉進泉中的人就會受到對應的詛咒，碰到冷水就會變成豬、貓、鴨、熊貓各種動物，甚至青蛙章魚都曾溺死在泉水中，於是就有了豬溺泉、貓溺泉乃至於和尚溺泉、阿修羅溺泉。看似奇幻又無厘頭的設定，塞填了校園愛情的劇情，以及滿滿的綜合格鬥技、空手跆拳道、中國武術暗器甚至西洋劍混搭自由搏擊，讓人愈來愈搞不懂，這部卡通的主題究竟是什麼。也許不一定需要主題，每一天只當一天過，身形纖細面目俊俏的男女主角群，配上糾葛不清的人物門派，除了日常起居的嘻笑怒罵，偶爾摻在一起做無差別格鬥。也就是生活吧。而你，你不想學會什麼武術，你最希望獲得的能力，就是跟男主角早乙女亂馬一樣掉進「娘溺泉」裡，從此以後，淋到冷水變成女人，澆上熱水又會變回男人，足矣！

班上的男孩以為那是少女卡通，女孩以為那是武打動畫，《亂馬１／２》在台觸及率落得兩頭空，電視還沒播到後半部就歇止了，高中之後重與人提起，只有兩成左右的人知道這部作品。男生都迷《鋼彈》、《福音戰士》和後來的《海賊王》；女生耽溺《美少女戰士》、《夢幻遊戲》與各種描繪男男戀情的ＢＬ熱潮。倒是另一部神作《庫洛魔法使》，也藏了許多情慾流動的關節，秘而不宣，或者宣得很隱諱，雪兔哥尚未透漏或者說知悉自己的真實身分；李小狼還沒發現自己男生女生都可以。總之，陰陽氣質不再仰靠生殖器官決定，自己可以決定自己喜歡什麼、討厭什麼，因此二十周年新章再開，網路討論度極高，不分男女都掉進了庫洛卡牌的幻陣之中，各自討論著對角色人物的喜好，幫雪兔小狼送作堆，或是發掘出跟拍女主角木之本櫻的知世，其實也是用戀人的目光在注視著她。

二十年前，早乙女亂馬還是個最終要與天道茜成婚的血性男兒。那時還沒聽說過「偽娘」，但扮裝的事實，早已出現在真實世界中。歌舞伎的女形、京劇的乾旦，最美的女人正是男人，從扮裝皇后到視覺系歌手，大衛鮑伊，美輪明宏，美川憲一。聽說出雲阿國可能也是個男人。你幻想，或者曾經付諸實踐過，偷用了母親的粉底，披上她的衣衫，在鏡子前顧盼著。倒也不是真的要去變性，就跟「娘溺泉」的特性一樣，你還奢著能保持男孩子的身體，過足了變裝的癮頭，隨時變回來。跌入「娘溺泉」果真是天恩加被，隨心所欲得就像是一則神話。那無疑就是動漫界最強的能力了，對你來說。

從此，你可以在雨天的時候，撐起那把母親從京都買回來的紅色友禪紋樣晴雨兩用傘；穿上閨密不要的長筒雨靴；借兩件同學的新春款短披肩與垂墜抓皺森林系長裙；最後，從衣櫃裡拿出你的壓箱寶，那頂趁著打折出清買下的大波浪假髮，深棕色的髮流在肩上款擺，踩著貓步扭著屁股，一場季後驟雨，是天上墜下數以萬計的施華洛世奇，為著點綴你而來。或信義計畫區，或紅樓。你的主場秀，豔光四射，一點點的徬徨猶豫都太矯情。

對你來說，「娘溺泉」不是詛咒，是夢寐以求的超能力。

但現實總不是那麼順遂的。或者說，地圖上找不到娘溺泉，就是你此生最大的遺憾。差不多都有那段時間吧，一但說出你喜歡女生角色如天道茜、月野兔、木之本櫻、甚至是櫻桃小丸子，那如潮洪襲來的「齁羞羞臉男生愛女生」，一時便會惹來全班訕笑的目光。可不知道是什麼時候，當你開口閉口都是雪兔哥、燕尾服蒙面俠、妖狐藏馬，取而代之的就是各種猜忌你是不是同性戀的狐疑眼神。

驟然而來的劇變，不過都只是幼稚園大班畢業前的事情。

幸運地抽到了公立小學附設幼稚園的就讀資格，你根本來不及回過神，臉上的粉底還沒被發現，十點鐘的點心時間就到了。勾芡過多的玉米濃湯，或是沒烤透的蒼白十元蛋撻，你總吃得開心。

你的班級導師是一位女老師，每次吃點心之前，她都會要你們感謝天地賜下這些食物。感謝的句子你想不起來，但不算太長，至少在你對著點心流口水之前會講完。女老師總是很慈祥，你記得她笑的樣子，想不起來她有沒有發過脾氣。她會看顧著每一個學生，即使是最邊緣的你。

接在點心時間的後面，每個禮拜都有一堂課的時間，女老師會介紹一隊穿著整齊制服的少年少女到班上來，他們大概都只比你大了五歲左右吧，沒有兄姊的你喜歡黏著那些大哥哥大姊姊，聽他們講故事，吃他們發放的點心糖果。那些故事總是從很久遠的過去講起，起初，神創造了天地……這並不能阻礙你的想像，創造天地的神，可以是耶和華，也可以是女媧。男神女神，一樣神。

吃飽過後，有一個不長不短的自由活動時間。男孩子都到溜滑梯或盪鞦韆那裡去搶位子了，你身型瘦弱，自知無法在成群結隊的男孩子中搶到席次，於是，你寧可坐在原來的位置上，等媽媽中午來接你放學；或者，在那之前就會有女孩子主動來向你攀談，說她們的扮家家酒少一個人演爸爸、哥哥、弟弟，甚至爺爺。你興高采烈的加入他們，你終於可以展現你的超能力了！

你隨便撿了一個男性角色的設定，還演不到十分鐘，你就說：「然後哥哥掉進了娘溺泉，以後只要碰到冷水就會變成姊姊。來，叫我姊姊。」

有點尷尬的是你發現班上沒人看過這部卡通，但沒關係你的需求總是會被扮媽媽的人滿足，因為扮家家酒就是一種充滿無限可能的設定型遊戲，邊玩邊設定，慢慢走出家的模樣。

日文叫作「おままごと」，漢字寫成「飯事」，模仿每個家庭吃飯的樣子，媽媽儼然成為遊戲的核心人物。都穿最高級洋裝來上學的女孩當起媽媽，就會讓她的孩子去彈鋼琴，她去作點心；顯然是用哥哥留下的藍色後背包的女孩，會命令她的孩子去洗碗，而自己拿著一點點不知道哪裡來的毛線，說她在作手工要賣錢；最常見的還是媽媽爸爸都坐在飯桌，家常話配家常菜，碗盤裡盛滿了一家子相隔半天以來的各種故事，日日如常。那畢竟已然是二十年前的風景，餐桌上，雙親猶健在，兒女多繞堂。現在的餐桌都撤去了，直接在電視或電腦前吃飯，那樣的活動也不能算吃飯了，飯只是用來配新番的基礎熱量來源而已。

不管是讓你演姊姊還是扮哥哥，你都是跟在媽媽旁邊的那個。幫忙打蛋篩麵粉，或是幫忙整理毛線球。即使在遊戲中你依然不愛玩，你喜歡做那些有成果的事情。如果有一張兩百多公分長的工作桌，你會想在上面玩金工、削木頭、縫拼布、打繩結。後來你在電影裡看到的Coco Chanel，或是《霍爾的移動城堡》裡的蘇菲、《夢遊仙境》的瘋狂帽客，差不多那樣。

有個家裡開麵包店的女孩，她當媽媽的架式特別出眾。攪拌麵糊的手法完全沿襲自她的父親，一點都不含糊。還有打蛋的時候，一手拿著塑膠假碗，一手是她自己帶來的竹筷，以四十五度角打出「咖咖咖咖咖」的聲響。所以你特別喜歡她當媽媽的那幾場扮家家酒，跟著她在廚房走進走出。下課的時候你們合吃著她帶來家裡賣不完的蛋糕。你們從未吵過架，天天膩在一起，點心吃完，再也不用巴望著窗外的遊戲場鬧聲喧闐，她自己主動會來找你，扮她的孩子或丈夫。

女老師看在眼裡，不知道是什麼神挑鬼弄，她說要在幼稚園幫你們辦一場婚禮。兩方家長居然也沒人反對，只當做是這場扮家家酒的無限延伸，還帶你們兩個在夜市裡幫對方挑戒指。糊里糊塗地，在女老師的見證下，你大班就結了婚，而且對象還是個女的。你比早乙女亂馬還早完成婚禮，這是始料未及的。

從此，就成了一塊奇異的吸鐵石，你懂得跟女人相處。小學六年級那年，三個女生為你爭風吃醋差點動用到地方上的人脈。那個提早刮了小平頭的男生說要撈忠義堂的彥文哥來說清楚，要你從那三個每天至少會送一瓶飲料的女生之中選一個。奶茶、冬瓜露和汽水，你本來只是照當天的喜好來選，從未想過所有的抉擇都是有後果的；一邊聽那顆平頭叫囂，你覷著那顆頭型不太好看的扁腦袋，啊，你居然不怕他，甚至有點期待。

「不然呢？彥文哥是可以怎樣？打我？還是幹我？」

你不懂無差別格鬥流，但你卻是頭一回為自己的柔弱感到驕傲。

當彥文哥真的帶人把你堵在男廁的時候，你毫不猶豫的往他過分清秀的臉龐靠上去。這人真的是在道上混的嗎？他那個樣子像極了被慣壞的富家公子，硬要使壞但也只敢在頭髮上動文章。而且重點是，他身上居然沒有同齡男孩的那種體臭！雖然他帶來的人都是菸不離手的咖，但他自己卻連一點菸油味都沒有。洗得潔白的襯衫，有點柔軟精的香氣。

你決定，大膽地親他一口。

所有人都被你的反應嚇到了，包括你自己。

媽的噁心！變態！

接在罵語後面是彥文哥帶他們夾著尾巴逃跑的背影，哪怕多打你一拳，都會被你的口水逆襲。大概一個多月以後吧，你聽說那個彥文哥大鬧小兒科診所，他很堅信自己被男人親了，所以絕對是愛滋病引起他的發燒。那個平頭小弟是這樣跟你轉述的，因為他問了你至少兩百多遍：你到底有沒有愛滋病？

還差一步，你也要親吻他的平頭。他躲開了。

而你感到勝利。忽然間，你就擁有那個變男變女的能力，你憑著自己的本能過日子，不需要娘溺泉了。除了在長輩面前盡量隱藏之外，同儕基本上都知道你的娘味得天獨厚，廁所一役逼退多少道上混的地方人士，是個不能隨便招惹的狠角色。老娘划船不靠槳，靠浪。浪頭翻掀起一陣陣風波過後，女孩子還是一樣跟你玩在一塊。每天你都有飲料可以喝。

終於，你感到不解。

那些女孩子不是因為你是男孩而跟你要好的嗎？那個開麵包店的女孩，像疼自己的孩子、愛自己的老公一樣照顧你，分蛋糕給你吃，難道不是出於她是女孩而你是男孩嗎？

原來，搞錯的是你。那些都不是愛，那是一種找到閨密與姊妹淘的情感。扮家家酒的位置來說，你比較像是一個幫傭。你醒了，但你也解脫了，娘溺泉不假外尋，靈山在心頭，一念男人，一念女人，你愈來愈得心應手地在不同場合切換，到後來連冷水熱水都不用。你沒有埋怨過幼稚園的女老師為何讓你那麼早成婚，而且還是儀式婚，因為你知道，你的祕密很早就被她識破，當你扮家家酒的時候，穿上圍裙的那一瞬間似乎臉上泛著暈紅，被她望見了女裝在你身上的魔力。

她不曾將這件事情通報給你的父母，只是想透過神聖的婚禮點化你。不論她的計謀是否成功，你深懇地感謝她當時的守口如瓶，把出櫃的權力還給你，這是她唯一做對的事情。

045　尋找娘溺泉

扮上

圈內向來瀰漫著一種拒C拒娘的風氣，男人只要有那麼一絲絲嬌氣外漏，就會被拒之千里。儘管不是尋找約炮或交往的對象，有時候刷過那些美其名的交友社群軟體，我總覺得跟這些人彷彿是連朋友都做不成的。身為那個被拒的C或娘，我經驗太多，多到可以開班授課，但我總是毫不遮掩在人前捏出一個蘭花指，挑兩眼媚態過去，說的是：我只是娘，怎樣！不是就是，是只是。除了娘之外，你們這些傢伙難道沒在我身上看到別的更值得討論的特質了嗎？

以前的拓網還有一個什麼CM值，把人分成零到七，共八種等第。數字愈小就愈娘，因此絕多數的人把自己設定在五，基於某種他們不敢直接認定自己最MAN的原因，我認為他們都是二，娘爆了。有自知之明而將自己的CM值設定在三我認為，身為一個出櫃同志，走在同志的圈子裡，卻不能作自己，甚或不認識自己，還得靠什麼惺惺作態的偽飾，剃顆平頭就假裝自己很MAN，無疑是人間最可悲的事情。出了櫃子又把自己鎖進更小的俄羅斯娃娃盒裡，在圈圈裡排擠圈圈裡的人。有時候也不得不感嘆，人啊，人。

捏著蘭花指的交友照，從沒被人敲響過，我倒不大介意，就是當作開來瀏覽肉照用的網站。一直都是蘭花，不是蓮花，崑曲是百戲之祖，蘭花精靈轉世，學過國畫的人就會理解那種枝條軟垂的蘭花開在杳無人蹤的谷間，大概會是什麼樣子。而學過戲的人就更能懂得，軟，才是硬道理。

手背向上，拇指貼著中指最根部的關節，跟著我學一次吧不分男女CM值，然後把中指往內彎，拇指現在緊緊捏著中指。就是韓星流行的小愛心，現在不掐食指，改成捏中指。又像是要帥氣地彈指而未發。最後，食指翹起來，無名指、小指微彎，散開如蘭葉，與中指保持若即若離的情緒。這就是象徵空谷幽蘭的蘭花指。

可惜現在望去的都是樓谷，二三十層樓的大廈們劈開了縱谷天際線，不復再見什麼空谷了。於是幽蘭也被一個神經過敏地聯想到花卉博覽會上一盆盆插滿落成誌慶、高票當選、喬遷之喜等各種俗艷賀片的蝴蝶盆蘭，替台灣賺進大把國際名聲與外匯的蝴蝶國蘭誠故可愛，但看那一串串顏色過度張揚，被武嬰還是花肥逼迫期間限定綻放的花苞炮仗，距離幽之一字尚且遙遠。

崑曲的幽然之趣，不是三五天就能夠領會的，有的伶人甚至到了中年過後才真正體悟到崑曲的美，愈演，便愈有戲神上身的範兒，角兒腰腿下的真工夫，是那青春美貌都自嘆弗如的神之領域。大學正式開始拍板學戲之後，我也沒能感應到這種幽然，但卻從崑曲中獲得勇氣，終於不再對自己的娘感到彆扭，甚至敢在真女人面前示範一下何謂大家閨秀，提著腳腕子走碎步，壓著小嗓恨丈夫。實際上早已經性解放的年代，也沒有哪種女人會這樣走路說話了。我只是純粹用幾個身段與唱腔，憑著梅蘭芳、程硯秋這些人改寫過的戲曲身段2.0，便足以證明男女性別的外顯動作無分陰陽，所有的性別氣質，可以是天生，也可以是學習來的。跟性器官一點關係也沒有。

可誰也沒想過這條路走來，對我卻有十足的革命意味。

外公是天津人，出了名的愛聽戲，老話說，學戲在北京，賺錢在上海，可掛頭牌挑大樑，真要能走紅一個有擔當有本事的角兒，得讓天津老鄉說了算。從小跟著外公聽戲也看戲，不下幾十齣，很早就知道《群借華》、《失空斬》，講的雖是六齣戲，但就是推捧一個靈魂人物諸葛亮，像漫威DC連出六集諸葛英雄傳一樣。諸葛亮沒有鋼鐵人的精甲，也沒有美國隊長的漢操，但他多的是可以罵死王朗氣死周瑜堪比死侍的嘴砲，再加上雷神索爾般呼風喚雨的開壇本領，諸葛亮就是一個民間集體創作中的三國英雄。日本電玩公司光榮讓他羽扇噴出毀滅的噴射白光，便知日本人不僅熟讀三國還頗能貼合時勢潮流。

後來又跟阿嬤看歌仔戲，什麼葉青、許秀年、小咪，她們在舞台上揮灑青春的樣子，時至今日我還歷歷在目。記得阿嬤最喜歡廖瓊枝的哭調仔，時不時也可以吊個幾段，但阿嬤菸抽得兇，很快就唱不動了。

也就是那時候，除了拿著雞毛撢子當作羽扇，看布袋戲喜歡學布袋戲偶張著虎口好方便握拿武器的木頭手；看京劇就喜歡學小旦捏著手掐著身段巍巍顫顫的身法步；看歌仔戲就學廖瓊枝拭淚揮水袖。父母親沒說什麼，沒說不，也沒說好，倒是為了這件事情，斷絕了幾個親戚的來往。因為他們說我娘娘腔要改啦、說我陰陽怪氣以後會變成GAY、說林家會因為我倒房，從此家運衰落如何如何。

「那又怎樣干你屁事。」

剛剛那句話是我媽說的，不是我。

親戚試圖要用這種過時古裝劇的進讒手段，剝奪我長子長孫繼承遺產的第一順位特權，母親倒也爽快，爛親戚先砍一砍再說。幾個破錢、幾塊破山坡地又值得她的寶貝兒子受汙辱嗎！幸虧外公和阿嬤都很明理，誰陪在他們身邊看戲，他們都是清楚的，那點不足堪誇的手尾要留給誰，在他們心中，早就是定好的了。

雖然母親斬得很快，但那些話還是流到我耳裡，傷害正在漫漶，我或許有點自覺，若有似無地意識到要隱藏這件事情。甚至有十二年的時間都不曾看過任何一齣戲。現在獨坐一室，仔細地回想才體認到自己當時的恐懼。我怕，我怕那個男體女魂的自己又來附身，然後被所剩不多的朋友親戚鄰居發現，又是一場驅魔大戰。輸的都是我媽，她一直切，而且都是怒切，把那些人的連結都切掉，斷開一切的牽連，拿著她的勝利寶劍。

就像我悄然斷開了看戲的癮頭，外公與阿嬤相繼過世後，我都沒敢踏進劇場一步。那笛聲啊、鑼鼓點啊，我很容易就會隨著音樂上身，走出劇場還會顛著腳走路。我自己很清楚，所以我避著不敢聽《蘇三起解》、《鎖麟囊》，那明明都曾是我甚為喜愛的劇目。我不僅怕旁人看出些什麼，我也怕母親認清些什麼，有些什麼是一直被我隱藏著的。

「男生就要有男生的樣子啊！」

這句話像一片隨時要擊下雷劈的烏雲在頂上罩著，我是那樣走過沒有性平教育，輔導老師通常由國文老師兼任，迷路在性別探索的年代。不乏各種長輩、平輩、甚至是後來的一些晚輩，都隱約在這樣的價值觀裡如魚得活水；偏只有我，隨時抱著忐忑的心情出入親友們的聚會。我當然知道男生是什麼樣子啊，楊麗花、唐美雲、郭春美，她們就好有男生的樣子！舉一個山膀，翻一個鷂子，豎一個劍指，那帥度爆表，簡直就是真男人。如果不是《義薄雲天》演到一半因為郭春美的懷孕而腰斬沒播出完結篇，我那年紀壓根沒懷疑過她是男或女。一把白扇擊退敵人，倜儻的身段與唱詞，歌仔戲版的楚留香，有甚好懷疑的呢！

作戲空，看戲憨。這標準就是在說我，我又作又看，且空且憨。大學進了崑曲社，分包趕角演過一次春香後，因為體型太巨、個頭太高，縱然活潑有餘，功架不錯，但那畫面實在太過滑稽，只得乖乖被配去學小生。我倒也沒什麼氣餒，畢竟半隻腳總算踏進戲曲圈圈裡，先是跟社裡的指導老師傅千倫學了拉筋吊嗓、走位圓場的基本功，排了幾次〈驚夢〉；又讓玉鳳玉凰兩位程老師提點許多，收拾了一些零碎的細節，總算是把身段照顧出一點規矩；最後委託老師們引薦，直接到國光劇團，給孫麗虹老師穩扎穩打，又燉又燜地整了兩個月的〈拾畫〉，這才確信自己應該就是唱小生的命。旦角絕艷動人，早就脫離美少年時代的我，是愈年長就愈扮不上了，偶爾起興反串一下，醜扮貴妃，也算是自娛娛人。

這就是我深愛戲曲的原因，男或女，不再是儼然二分，隨時準備好身段，就能讓生理性別暫時成為一種不必要的設定，誰都能當個女演員。或許CM值量表也是有它的道理，性別在光譜之間流淌著，今天可能四，明天上線變成七，也不錯。

間或聽聞一些恐同團體，想要阻絕所有可能讓孩子開始想要探索性別的影視媒體娛樂，杜絕校園內的同志教育，那他們頭一個就該把所有戲曲都禁演，畢竟菊壇上大放異彩的，少不了滿園子站齊齊的都是些乾旦坤生，顛鸞倒鳳，讓人眼花撩亂難辨雄雌，莫此為甚。

還有什麼比男人扮女人，或是女人扮男人更銷魂的呢！

至於電影，別說各國名導與演員不缺同志，就是電影裡的性別意識，或藏或顯，縱然以分級制度劃開了年齡層，又如何避得掉普遍級裡的密密疏疏呢！

男女的分界到底在哪裡，幼小的我實在不明白。我曾經把銜著口水的小臉蛋，貼在電視機上，指著當時穿著民初古裝的鍾楚紅說，以後我要娶她。如果記憶沒有稍缺，那齣戲應該是與林青霞、葉蒨文合演的《刀馬旦》。午馬說的那句：「要想唱戲下輩子投胎作男人吧」，還有後臺戲班那些個小廝扭捏的扮相，乾旦花老闆細數著魚尾紋又多幾條的畫面，片片斷斷，一直在我的小腦袋瓜裡打轉。也無法說清楚那是什麼樣的感覺，甚或我當時也沒注意到，問題不是男人才能唱戲，而是擔綱那齣電影的男主角，根本就是個貨真價實的女人，林青霞。看著她扮男人，把六歲半的我給搞糊塗了，脫口而出要娶鍾楚紅為妻，不知道是羨慕男裝的林青霞，還是女妝的林青霞。

台灣娛樂圈套在這個三重埔女孩身上的，都是一套套清純可人的白洋裝、齊耳短髮，只有香港娛樂圈能看出她就是那萬中無一的東方不敗，繼凌波之後，再度傾倒男女老若眾生的天后男演員。早好幾步，香港影壇把亦陰亦陽的中性氣質演員打造出來，更葷素不忌拍了許多膾炙人口像《美少年之戀》這種當時光用吳彥祖的白內褲就能騙我尻上一槍的經典同志電影，也就難怪香港樂壇的羅文、張國榮、梅艷芳、何韻詩、盧凱彤等等等等，讓明星出櫃在不是香港的新鮮事，「搞基」一詞也從歧視疏離，慢慢變成常民生活的司空見慣。

從一個要娶鍾楚紅的小孩，變成看吳彥祖尻槍。我恍惚地對鍾楚紅、對香港電影，早早就有另一種想像空間。或許從以前到現在都是，和許多男同志一樣對女演員傾心不已，所謂的「想娶」，可能是「想成為」的一種投射。男演員當然也是不錯的，但是江山代有新人出，我們男同志看男演員的臉、胸、腿、腰、腹肌，卻鮮少注意所謂演技；一年一年過去，布萊德彼特已經老得談不上帥；劉德華大概也只打得中特定族群的胃口；漫威宇宙的兩個克里斯紅了幾齣續集，最新的蜘蛛人一返校，硬生生踩過美國隊長和雷神索爾，甚至打趴前幾代蜘蛛人，正式奪走男同志們的目光。以色事人者，必不能長久，男演員之於同志市場，若非鐵粉腦粉，大多得面臨色衰愛弛的現實。

然而，要等到正式出櫃後，我才敢買梅艷芳主演的《胭脂扣》和《鍾無艷》的DVD；把臉書頭貼換上蒂妲絲雲頓或天海祐希；三天兩頭就轉貼蘭姨潔西卡蘭芝跟蘇珊莎蘭登的劇照。在這之前，我從未表達對任何一個偶像的愛慕，從未。我記得很清楚的是，上小學沒多久，男生喜歡女演員、女生喜歡男演員。可是那種喜歡，跟我的喜歡，顯然是不同的。男生喜歡的終究是胸大無腦演技差，演不過兩檔就換掉的清純玉女；女生喜歡的，倒是跟我的口味差不多，那時候正紅的男演員可能有伊正、謝祖武、焦恩俊。現在還提起他們，都是談談故舊往事，網路要搜今年的劇照帥照，總得百裡挑一，才得一兩張順眼的了。

彭于晏之前是誰？那麼之後呢？

至今無人能取代梅姨——梅莉史翠普的影后地位，至少在同志們心中如是；本土派則首推歸亞蕾，她是同志們的銀幕媽媽。上世紀的男同志們想像自己過著《羅馬假期》、吃著《第凡內早餐》，有哪個男同志說得出或記得住跟奧黛麗赫本演對手戲的男主角是誰？那兩齣電影的男主角甚至沒獲得奧斯卡提名！《美國恐怖故事第五季飯店》裡的扮成玉婆伊莉莎白泰勒的男調酒師，證明了我的想像，女演員，就是男同志想成為的一個職業、一個身分，甚或是一種性別。

所以，當年的「娶」，是一種無從說出口也不知道如何說出口的性別認同方式。整型技巧僅止於燒燙傷換膚拉皮術的年代，女演員純得不能再純，每張臉都是祖師爺賞飯吃，什麼不老傳說潘迎紫王祖賢周慧敏，史上最美的滅絕師太周海媚……春三十娘藍潔瑛痴線、顛著了，讓人心疼不已，只因為女演員永遠是那麼讓人著迷，戲裡戲外都走不出來。

只有女演員，是真正不朽的，至於男同志扮成女演員的妄想，儘管有人想逃避，但這個妄想是永遠不會停息。音樂一下，燈光一打，自然就會扮上癮的。

美字輩的演歌

如果還有機會，回到那天的大禮堂，我一定要點唱美川憲一的歌。〈おだまり〉的歌詞唱著：世界不管怎麼變，兩人的愛情不會變。おだまり！閉嘴！就是要這些吵吵擾擾的局外人，全都閉嘴。我要告訴所有認識我的人，我是怎麼完成我自己的。每每思及這後來的人生，幸虧有演歌，否則當時我真的不敢面對曾經對女裝有過幻想的自己。

演歌是這樣陪我走過一段的。充滿怨懟，幾無希望的演歌哭腔，過泛的轉音與抖音襯著我的青春期，是一種用負負得正的方式，有點歪曲，斜斜地成長著。起初是小林幸子，懵懂學會日文後才知道那華麗絢爛的變裝底下，唱著一個遲至二十五歲，早在星海打滾了十多年才躍然活起的浮沉心事。六十歲後再度遭逢事業危機，靠著網路宅世代二次元名曲〈千本櫻〉重生，硬是把人家的歌唱成自己的主場秀，這樣執拗，不肯倒下的小林幸子，與我同月同日生，我們都是奔馳在曠野不受拘束的半人馬。

一邊學日文，一邊練唱，我把課餘時間都用來練歌，下課就捧著歌本在走廊練歌，某次班導師走過來關心我，因為他觀察很久了，見我都是一個人捧著書，幾乎不怎麼跟同學一起玩，便想看看我在看什麼書這麼起勁。於是我把歌本借給他看，翻了幾頁後還給我，他說，既然這麼喜歡唱歌，那要不要考慮參加學校的歌唱比賽呢？

我哪敢！我唱演歌的，我哪敢！同學們都在瘋周杰倫、陶喆、五月天，我如果在歌唱比賽裡唱演歌，這麼沒有共鳴的冷僻曲風，說不定會換來一片噓聲。算了算了，還是作罷。

如果可以，我絕對不想再回到那個只顧著符合旁人期待的青春，我要在課桌椅上鋪開我收藏的G片、寫真集與BL漫，還要秀出我買的每一張小林幸子美川憲一的專輯，看濃妝朱唇和亮片華服的嬌柔神情，我不怕人家說我怎麼喜歡聽阿嬤跟人妖唱歌，我青澀的國中時代是在他們的歌詞與聲線裡，尋見安穩，甚至被老練的歌詞與誇張的作派影響，直接跳過了叛逆期，國二那年就看透滾滾紅塵，差點打算出家。一直以暴民自居的我自認沒有叛逆期，但其實我一直過著逆流的日子，從出生的那一刻起就是永遠的反對黨，抓著自己脖子上的臍帶繞頸，不知道是想出來還是不想出來，反得所有人都不要不要的。

最後，我還是沒讓多少國中同學知道我喜歡演歌，隨著同學聽起了當年竄紅的周杰倫，還是不對味，但怕惹旁人側目，就表面上隨便聽著各種最新的國語歌，偶而在耳機裡回送一下演歌的五聲音階。也是那時候，聽起了小林幸子的假想宿敵，美川憲一的歌。

災難（？）就是這樣開始的，後來認識我的人這樣分析，是美川憲一讓我有出櫃的勇氣，儘管那之後要面臨更多磨難。美川憲一也穿著跟小林幸子一樣綴滿玻璃水晶和亮片的華服；過大的衣裙裡纏上各種閃爍的燈，在不同材質上輝映著各種光芒；揹著一台藏在舞台黑影中的吊臂，一個眨眼就騰空而起。

但他不是她，他是一個頂著大濃妝假睫毛，畫上艷麗口紅甚至中年過後只能用假髮遮掩男性荷爾蒙過剩而禿髮的事實，每次登台都會在右耳單掛著一個水晶燈飾般大小的寶石耳環，隨便一顆祖母綠就值一棟房。我知道，我在看見他背著蝴蝶翅膀飛起來唱著的〈別れの旅路〉時就知道了。

他是，他不只娘，他還是！耳鉤單掛右耳是國際通用禮儀，單身同志專用的暗號。那是個藝人鮮少表態自己是同志或雙性戀的年代，儘管梅艷芳的男裝女妝堪稱後無來者，但梅姑這個暱稱老是把她給推回女性化的空間裡；張國榮哥哥若隱若現地把自己的嬌媚展示出來不過幾秒又趕緊撤櫃，如果不是唐，他不會有那樣深情一握。徹底做自己的美川憲一，勇敢迎戰保守的昭和時代，當然是我的表率。面臨人生中第一次打進校園歌唱決賽，我理當選他的歌來唱！我卻老是想到可能招致的噓聲，便屢屢作罷。

同樣都是濃妝／女裝男歌手，後來的華麗搖滾或視覺系樂團不論的話，美川憲一和另一位美字輩的前輩美輪明宏，堪稱是日本歌壇濃妝／女裝男歌手的鼻祖。他們都是經歷二戰的世代，在那種環境底下，他們的妝容扮相除了前衛之外，還有更多是來自於個人實踐與藝術表現，那是一種勇氣；而當時的經紀公司願意支持這種作表特殊的藝人，超英趕美，心臟也是超大顆。和變裝皇后（Drag queen）不同，美川憲一除了誇張的舞台頭飾之外，沒有戴過女人的假髮，也不曾把自己打扮成女人，除了少部分的女裝剪裁之外，更多時候他喜歡穿男人的西裝，只是西裝底布的顏色多半是螢光綠、蜜桃紅、夕陽橘、鳳菜紫等誇張的色系，點綴著各種過度的水鑽和亮片，招搖著一種介於男與女之間的風格。

而美輪明宏則是一心想當好「女優」，翻唱法國香頌天后 Édith Piaf 的〈愛の賛歌〉，把法語的口白說得宛如 Édith Piaf 再世；又一首〈ヨイトマケの唄〉讓 NHK 寫下歌手拒絕調整歌曲長度而退演紅白歌合戰的歷史，入選紅白在當時是莫大的殊榮，但美輪明宏堅持要整首唱完，從此與紅白歌合戰絕緣五十年；是什麼浪潮又將他推上，迫使NHK在五十年後反悔，同意他把這六分多鐘的長篇歌曲一秒不刪地唱完，傳奇歌手，七十七歲才登上紅白舞台，史上最年長的初登場，也是史上在台上唱最久的歌手。都是永遠沒人能破的紀錄了。

我記得的美輪明宏，還有那首〈老女優は去り行く〉，也是唱作俱佳的七分鐘長篇歌曲，歷久不衰的聲情動人，透露出他與川端康成、三島由紀夫、江戶川亂步的深厚友誼，絕非憑靠美色或歌聲得來。這些文豪看中他這個九州來的女裝歌手，願意與他結識，甚至三島由紀夫還一度成為他的情人，我想，這皆是源於他個人的藝術氣質。

優游於美術藝文界的美輪明宏，有他永恆的三島由紀夫；而樂於遊走在娛樂藝能界的美川憲一，非但不曾和舉足輕重的名人交往，更沒有固定的交往對象。他不像美輪明宏那樣領著電影女主角頭銜，獨挑大樑與男主角演對手戲，感情世界幾乎空白的他，似乎是走在一條以歌證道的路上。他們兩個雖都是濃妝上陣，穿著也是偏向女性氣質，時而走起華麗皮草或垂墜抓皺風格，在舞台上唱些女子或者假女子的心聲，但美川憲一自出道以來就不吝惜大展他的低沉嗓音和那一甲子未曾改變過的俐落短髮，一眼就能看出來他是男的，只是被他的濃妝搞得有點糊塗。美川憲一保留了自己原本的面目，好像那樣才是完整的自己一樣。

他們從此各自走出了自己的天空、自己的路，即使不曾互別苗頭，但肯定是相互輝映著對方的。

走不出來的只有我。因為班導的鼓勵，我硬著頭皮去參賽，歪打正著進了決賽，領了決賽的報名表後，我在自選曲格子裡填上阿杜〈他一定很愛你〉。就是那天，我注定走不出來也走不回去了的那天。阿杜，我只愛你陽剛青春肉體跟沙啞渾厚聲音，但是你的歌我完全進不去。阿杜啊阿杜，粗曠到足以讓人耳朵排卵的聲線，陪我度過很多無聊的夜晚。戴上耳機，播放著靜音的G片，曾經，靠著男優的擺動頻率與阿杜的聲音就可以讓我噴射。大腦才是性器官的最終端。可是，那樣的歌詞我始終進不去。

坐在選手區焦躁地等著一首首對我來說陌生而且遠在耳膜伴心牆之外的國語流行歌，王力宏周杰倫蕭亞軒偶爾還有張惠妹蔡依林，那個年代不僅沒有同志天后這種後天產物，同志都只能靠著異性戀的情歌去代換自己的心事。全都與我隔著一層薄薄的膜，看得透，聽不見。

我應該唱美川憲一，不然唱美輪明宏。台灣還沒有同志歌手，日本有，我為何要把自己的這部分藏在舞台底下的機關暗門裡，我為何不去觸動那個機關，在歌聲的最嘹喨高昂之處，把我自己從舞台機關裡彈出來。TADA！我是個同志喔！就在歌曲中間間奏的地方這樣喊著。

我只敢想，作不到。上台順序來到我前面一個選手，長辮子的女生，她站上舞台，那一對權充主持人的男女同學，拿著小抄不知道如何唸她的歌名，她對後臺點點頭說直接放音樂沒關係；大班一樣老練的姿態是我後來才學會的。

她的前奏一出來，我就後悔了。像一顆死掉的蜆還是蛤，禮堂的水泥地又實又厚，我只恨不能鑽下去永遠不要探頭出來。同班同學跟班導還隔著一波波人牆，對著我比讚要我加油。我去向主辦單位交涉，陣前換將，不唱阿杜了，但為了公平起見之云云總之我被拒絕了。我恨我不敢把美川憲一獻出來給所有人知道我喜歡他的歌他的人，我以為藏著一個秘密抱進棺材裡，人生就不會有遺憾了。

女孩手裡的麥克風握得實緊，第一句歌詞：一個人無法單獨生活下去……我就哭了。我選錯歌了，應該說我選錯表演的方式，我不該假扮異性戀男子去唱異性戀的情歌，站在舞台上穿著西裝制服和醜到爆表的學生皮鞋，用那種想要又不敢說的傲嬌歌詞配合僵硬的男人表情，唱著對女人的思戀。我羨慕她可以這樣自然地隨著轉音扭一下腰，伸出手來指向莫名的遠方，對台下沒目標地拋出倩笑。

我也會啊，〈大阪しぐれ〉，大阪時雨，演歌歌手都春美的歌，我都會。幾年後買了一套她出道四十周年的紀念全集，花了高中生的我一萬多塊！這女的憑什麼這樣唱都春美的歌！還唱那麼好！我為何在這一陣輸得如此悽慘！

在那之後我喪氣了很久，幾度不想唱歌，尤其不想唱都春美的歌。再次站上歌唱比賽的決賽舞台，已經是大學一年級了。上了大學頻頻拿到歌唱比賽的獎座，但我其實沒有什麼過人的歌喉，我只是這次懂得在上台前化好妝，點上假睫毛，披起了母親的中國風大氅披肩，滿滿金線團龍團鳳；唱罷一個段落，迅速褪下披肩，現出藝伎般的和服身段，配著一個個愛嬌的亮相，酣暢淋漓地把當年那個長辮子女生都做不出來的女人樣態拋捨出來。雖然有點勝之不武，一個大學生當然比國中生更懂得做一個女人，但我知道，我不只贏過了她，也贏過了國中的自己。第二年、第三年，連年獲獎，鼓勵著平常素顏的我，只要上台比賽表演就必定帶妝，而且作表行當男女兼包。

直到現在還常常聽人說，我不該總是學女人的樣子，聽女人的歌。我應該要唱男人的歌。這樣子的刻板印象常常讓人啼笑皆非，不知如何應對，即使是在男女平等觀念極差的日本，男歌女唱的有姿憲子、水前寺清子、坂本冬美；女歌男唱的有森進一、前川清、五木宏。那些被定義的男歌女歌，本來就是不存在的假議題，我已經被這個男歌女歌的假議題騙了好多年，希望不要再有人上當了。

開心地唱吧，就唱自己想唱的歌，不然一定會後悔。

069　美字輩的演歌

活成一個婊子

有些男同志對「婊子」一詞是敬謝不敏的，甚或遠避，但如我身邊的人包括我自己在內，向來都不排斥被貼上這種充滿異性戀霸權的醜惡標籤。一邊做愛，被用巴掌、吐口水，粗暴地對待，總是悠著一點說不穿的奇詭爽感。其實這樣的我一直接不到圈內的氣場。深感困擾。

婊子一詞成為綠桂冠金腰帶，可能是一種逆向歧視。有人認為逆向歧視並不存在，因為歧視就是歧視，不能因為個人的心靈壁壘固若金湯，抵禦得住各種羞辱，像個高僧一樣面對它處理它接受它放下它，忍它耐它，就把歧視合理化。我當然也認同這樣的說法，一個人或一個團體、一種信仰，如果對某些族群有等差的偏見，本質上就是歧視。可是我又認為，人可以憑靠精神能量去處理自己的軟弱，當然也能用以瓦解來自他人的傲慢。如何用一種更高的層次去面對歧視，是我一直以來都在學習的。至少，從高中以來我就不斷適應著各種不同程度的偏見與歧視，這方面雖非絕頂高手，但我肯定是頗有心得的前輩。

可後來又發現不是那麼單純，有時候無關乎心靈之強弱，過不去的崁，人人都有可能碰上，芸芸眾生的面相，是不能量化的。事非經過不知難，你的點剛好不在我的上面罷了。遺憾的事情發生之後，不管相不相熟的同事親友紛紛在臉書最後一則貼文留下千篇一律的R.I.P，其實都算矯情了。

被漏接。同志諮詢熱線的志工都是這樣稱呼那些早一步踏上彩虹橋彼端的同志朋友。漏接一條命像溜走的魚兒鳥兒，遁入川流，隱入蒼穹，一去不返。灑脫得讓人們扼腕，卻又彷彿只能尊重他們的選擇，祝福他們無病無痛。單就生死抉擇的問題，圈圈分出更多圈圈，像碰碰車一樣，圈圈與圈圈互撞而不相容，總會聽見有人對那隻刻劃上幾條虛實新舊血痕的左手臂，表達他們的不以為然。

疼惜或鄙夷，羨慕或仇嫉，都不能消解歧視存在的事實，也無法接住更多被漏接的人。也是這樣的緣故，我從中感知到，關於「婊子」的認同，應該就是那套讓我撐過去的防具。之所以沒有被漏接，可能是我運氣好，也可能是我對自己的低賤感到高傲。

有的婊子以媽媽桑自居，從肌壯天菜到娘炮屁孩，都是他照顧的對象，是真的照顧，毫無任何不軌意圖的那種。媽媽桑到處替人牽線，嫁衣做了幾百件，自己始終是那個暗夜裡吐著煙圈，斟上一杯威士忌，侃侃談起某個小弟弟小妹妹多不懂事，又被男人騙錢騙身的老江湖。或是有的婊子當自己是無敵公車，什麼人都能搭，不必刷卡投現，老司機上車嘍，想去哪裡就能到，喊著到了到了就到了，猛然回首，已經坐斷春風十餘載，猶在浪尖。

我當然也是抱著可能被公幹或是被反同團體拿來大做文章的心情，選擇出面分析一下圈內的現況。

以「婊子」為榮的，都是很圈圈外的邊緣角色，訕詭自己的陰柔氣質，對立面恰好正是主流男同志。那些怕被認出來但實際上妖氛沖天而不自覺的，練出了胸腹肌七八九十塊，一拳就能打爆異性戀男子的壯熊猛狼，頂著劍潭三姊妹一手理出來的板寸頭，賀爾蒙噴發而無處繁衍，招蜂引蝶都是同款型的假男子漢。

手機遊戲《GAYDORADO》的角色如是，號稱全台第一款LGBT手遊，其實只有G，沒有LBT。更甚者只有G裡的猛一，沒有零。在這個高零化社會，夜店逛來皆是一池零的時代裡，《GAYDORADO》讓玩家投射出更多的歧視而不自覺。幸好玩的人實在不多。

有人說，那不過就是個遊戲吧。

但歧視都是這樣來的。

那不過就是個阿魯巴、那不過就是個形容詞、那不過就是個……真的不能怪我得用「婊子」的認同來應對圈內的各種荒謬現象，這樣能讓我更加堅強。因為不能再賤了，去過地獄就不怕看到鬼。有陽具的「婊子」是超越性別的存在，我的生理不等同於我的心理，於是我解脫。憑什麼要在兩個同生理性別的人當中，再去分陰辨陽，區公論母呢？壹零踢婆這些，都是異性戀的「教導」，告訴同性戀終究要回歸到兩種性別，而不是一種。

如果真的要分，我不會用性別或性別氣質來分。我所認知的男同志圈，的確可以分成兩種人：一種是看清宮劇長大的，一種不是。

我可能又要被讀者罵了。

清宮劇本來可以分成三大類型，一種是中影文化城的城主等級。從皇帝到龍套都穿得像龍套，鏡頭上看起來描金繡龍的人工亮面假綢戲服，可能是上一檔租給《連環泡》或《中國電視史》，在小攝影棚裡玩遊戲或情況劇的。大學生不愁化裝晚會沒搞頭，去漢中街就可以租得到。這種規模的製作，算是個小城主，而且還是連年歉收的莊園主，在中影文化城或者根本只是都內某所迅速搭好殺青續用的假棚裡拍攝，靠著演員生動的演技和明快的劇情，也曾在不懂得講究的年代裡殺出一片藍海。長年在嘉南民俗村錄製的《戲說台灣》片頭音樂配上《如懿傳》的畫面，好有感的清代風華。也不只是清宮劇，從包公到施公，大抵都是這種規模。金超群版的《包青天》，戲裡穿的非宋非清，全是借京劇《鍘美案》、《鍘包勉》、《赤桑鎮》的戲服包頭，王朝馬漢這種龍套且不講，連第一男主角陳世美都是原裝照搬穿起了團龍衣，楊懷民版的陳世美搞起穿越，毫不遜於後代。

另一種清宮劇的風格則從對岸吹來，先是二月河的敘事手法影響諸多後起之秀，搭配橫店與北京等地，虛實交錯的拍法，觀眾對衣著、飲食、起居、歷史事件開始有了興趣，導演編劇們便處心積慮想從中國歷史、文學、怪談傳說等脈絡裡，挖出一些還沒人講過或是當時沒講好的故事。時代不再限於前清，但由於清代歷史文獻事跡尚班班可考，所以好作品的比數還是居多，特別像九七年《雍正王朝》目前穩座央視總收視率第一高，單從受眾廣度來說，唯有台灣九三年的《包青天》，可與之比擬。

最後一種，也是婊子們最愛的，從台灣土生土長，後來吸取了中國奶水茁壯至今已經推展出堪稱康雍乾宇宙的宮鬥劇。開山祖奶奶第一代當然是《還珠格格》，趙薇、林心如、周杰、甚至范爺冰冰都是從這裡出來的。這幾年急追上來的《後宮甄環傳》、《延禧攻略》、《如懿傳》，不管是台詞截圖或者表情包，身邊的婊子們都能來上個幾段，好像從前聽戲的人多半能唱上兩句蘇三離了洪洞縣那樣。可是啊，說到底那些人物還是一樣的不是嗎？從蘇三到趙五娘到秦香蓮到焦桂英到竇娥，女人的命運有改變過嗎？或者說，編劇肯讓女人改變自己的命運嗎？別問范爺怎麼把武媚娘演活的，那不就是編劇給了她一條非典型女人之路罷了。清宮劇成就一個婊子，但那種貴妃婊，只會繼續沉淪在異性戀的框架中而不自覺，竟日活成又一個性別壓迫者。

但沒關係，婊子們愛看，愛演。清宮劇的勾心鬥角逐日上演在現實生活中，誰跟誰好而誰又睡了誰的婊兄弟，都來。有人真的在匿名論壇上詢問三氧化二砷的製作或購買方式，如果男同志會懷孕，可能都有人在 GAY BAR 賣起藏紅花了。

即使是以婊子做為性別認同的我，最近跟圈內，特別是圈內的貴妃婊們，也漸漸築起了一層虛牆。他們無法體會我對婊子一詞的體認，或者反過來說，是我不贊同他們對婊子的演繹方式。

像他們那樣啊，還太嫩了。

當圈內人為達目的而使起了丫環俾女，乃至妃嬪貴人的手腕時，我只覺得這樣的人還挺可憐的。他們自以為把婊子天性發揮得淋漓盡致，我看到的卻是一群假女人被遮在父權的黑影底下，無止盡地互扯頭髮甩巴掌。那時節，婊子成了真正的婊子，被閹割後的婊子。所謂的父權，從來不是生理性別上的議題，男性直系親尊長可以是，姓氏歸夫家可以是，但摩天樓也可以是，槍砲火箭都可以是。圈內的清宮貴妃婊，讓我這麼稱呼他們吧，費煞苦心去爭奪來的，可能不過是一段長時間被主流男同志那一側掌握住的戀情。甚或連主流都稱不上，只是一個長期負責幹你的對象，就足夠讓你跟所有姊妹們撕逼。

想想，能不感到哀傷嗎！什麼叫做「愛得一塌糊塗，也不要一個人做主」？這樣的大零女子，就是把婊子二字踩在土裡，最底最底，然後立了一個父權的貞節牌坊在上面。

清宮劇教給我們，就是常在、答應、更衣而已嗎？一個被眾人環繞服務的虛擬核心，還有什麼能比這個更父權的！就連《羋月傳》或《武媚娘傳奇》，也是被捆綁在父權底下的敘事，學了那樣的伎倆，成就的不是一個有水準高格調的婊子，而是被收攏在歧視裡的婊子。

這可怕的世道啊，居然連活成一個婊子都沒那麼容易了。我唯一看過的清宮劇就是廖竣演的《施公奇案》，畢竟我對清宮劇的興趣低於解謎推理本身，所以很快就跳坑去看松本清張、BBC的《白羅神探》、《新世紀福爾摩斯》。又因為懸疑驚悚的口味愈來愈吃重，現在轉坑在《美國恐怖故事》裡。不斷轉坑的過程，我學到了真正的婊。

那是潔西卡蘭芝型的嘲諷，用簡單的So do I、I will try，表達一種奪回主導權的肯定與中性的婊示句。氣急怒急才來一句How dare you，你跟天借膽了嗎？徹底的完全否定婊示句。電視劇《宿敵》裡的她，扮演上個世紀的好萊塢女星瓊克勞馥。她敢與人鬥，就算站在當時的男性身邊算是矮了一截的第二性，但她對自己的演藝事業從未有過怯小的志向，她要成為自己演藝王國的皇后，而不是哪個誰的臣妾。

食指中指夾著一杯馬丁尼，走到哪一個我想約想問，或是想找碴的人身邊，敬他酒，也請他再追一杯。當他問起我待會想幹嘛，我就回他：那你呢？

去下一攤喝，怎麼樣呢？我平常都會去某某續攤。

So do I.

嗯，那你搭計程車嗎？可以試看看叫UBER啊。

I will try.

不然，你到我家陪我，我陪你等捷運，要嗎？

就是這個時機了，快補上去那句 How dare you！

但這個時候要帶著笑臉，手指在他臉上肩上游移。

你敢我就敢。

婊子，是我唯一的性別認同，也唯有此，才能奪回性別與性的主導權。是我活的方式，抗拒父權的最後底線，讓娘砲終能撐起一片天空的心法絕學。

卷二

一門忠烈

小鮮肉羹

新家巷口有一家老字號肉羹，招牌打著祖傳三代，店面應是重新粉刷過，加上肉羹生意本來就少有黑垢烏煙，初搬到這裡的時候，怎麼樣都不肯相信這小小的乾淨店面能有百年歷史。譬如翻修仍保有舊情懷的金春發牛肉湯、一貫鋁門窗鐵皮包攤車的柴寮鯊魚煙、饒河夜市藏在土地公廟後方的麵線羹，都是數來超過一世紀的老店，不管是老板凳舊鍋鼎，或新嵌燈亮招牌，一眼望去還是能從一些碗盤桌椅的磕磕碰碰裡猜出他們的年月風霜。

肉羹店裡除了老夫妻忙進忙出，只有一位小鮮肉負責盛舀肉羹。我猜他應該就是第四代。看他盛肉羹的手，青筋浮動，汗滴在二頭肌上閃耀著，不時拿出一條純白的毛巾擦去額頭的汗水，翩然對眼而忙不迭遞上一句要吃什麼，對搬來附近而逐漸成為常客的我微笑。那笑比肉羹更暖更甜，足以成為佐餐的配菜。

老台北城的角落藏著光緒年間老牌小店，本來是尋常事情，但新家附近這間百年肉羹，倒是個特殊案例。畢竟這裡是都市計畫開發出來的新興地區，在建案開發起來之前，按地圖來看應是一片灌溉澤埤與菜園，遠一點則是小型的墳場；建案開發後，「淡水新都」、「第一景」、「城堡花園」等各種建案名稱成為地標。因為這裡本來就沒有像淡水紅樓、紅毛城、老街、祖師廟那樣醒目的地標；新建案層層峰上，直竄雲際，鴨母堀、米粉寮、大埤這些地名被居民淡忘，取而代之的是連計程車司機都會用來替淡水街道訂下導航座標的「海景園中園」、「巧克力花園」、「淡海新市鎮」。好像那些就是未來的觀光景點。

例如我們家對面的「摩天31」，當時號稱淡水最高樓，是最為淡水人知曉的建案，我親眼看著它從地基打起，可如今屈指算來，已是屋齡二十的老房子了！第一高樓的寶座，早就拱手讓人，盤踞在下淡水的「淡水水立方」，緊鄰紅樹林站，四十八層樓可以遠眺淡水夕照，不必人擠人，小坪頂的視野彷彿都被它佔去。

那地處偏遠頂淡水的「摩天31」，也只能望淡水河興嘆了。

差不多也到第四代那位小鮮肉親自掌杓了吧，歲月偷換如此迅速，祖傳肉羹所言不虛。米粉寮以前有座曬米粉的大埕，第一代肉羹老闆買了那裡現曬好的米粉，佐以透明清甜的南部羹底，綴上一點蘿蔔白菜和蔯荽的馨香；我也只能這樣遙想，儘管沒吃過，我深信那依然是現代工業炊粉遠比不上的古早美味。

母親在外上班，沒空準備晚餐的日子；或是整個暑假，家裡剩下我和弟弟，而我又懶得下廚的時候，我們就靠著那家百年肉羹飯、肉羹麵、乃至肉羹米粉冬粉粄條，交換著果腹。肉羹吃久了當然會膩，但我會加辣加醋加各種佐料變換，而不吃辣不吃酸又口味平實的弟弟，很快就厭了那濃稠的口感。幸好社區大樓的管理員固定會跟一家長期配合的中央廚房訂便當，我們偶爾搭順風車，吃一枚飯菜均衡但稍嫌油膩的便當，也算調劑一下味蕾。

某天中午，雨勢不小，為了決定到底是繼續買那碗彷彿吃了一百年的肉羹，還是跟管理員繼續訂便當，我與弟弟兩人僵持不下。他嫌肉羹膩，我嫌便當油，我們卻都不想靠猜拳分出勝負，只好結伴冒雨出門買飯。事前說好既不訂便當，那也就不會去買肉羹，選一個超商涼麵飯糰，或是再走遠一點，到水碓里那頭，買一碗張大媽的牛肉麵水餃做第三方見證，最公平。

但事情總是這麼巧，回家的時候，那輛送便當用的機車，剛好停在大樓管理室前。左右兩側各裝載了一個防水尼龍布的後斗，像塞著糧草的革囊，送便當的男子從裡頭拿出管理員的便當，那輛穿街弄巷的機車就是他的戰駒。這場驟來的夏午雷雨，讓送便當的男子來不及換上雨衣，上半身白色襯衫濕得透出了他的胸腹肌線條。冷氣房書生狂壓猛推練出來的子彈肌人魚鯊魚線，過度囂張跋扈；而他是烈日下吃體力活的勞動者，被時間軋折出來的自然刻痕，蒼勁又不輕易顯露的低調，反倒更添幾分誘人。在馬路上穿梭的車影，行經樓下的引擎聲，曾是我所知的他的全部，就算他送便當上門，也總是收錢放飯走人，從未如此靠近他，幾乎面對面錯身，甚至不小心與他對上了眼。

卻有一股不對勁的氣息，不知道是他故意，還是我會錯意，就從他濕淋淋的瀏海和眉宇間散出。熟練地從口袋中抽出一張被揉折過的彩色傳單，他想把那張傳單塞到我手裡，但我一手提著水餃與牛肉麵，還有超商買的飲料，一手是還沒收好的雨傘，只得撇撇頭，請他把傳單拿給弟弟。

顯然弟弟也在當時瞄到了他的眼神，感受到他那奇特的氣質了。只是弟弟沒有明講。待新家一切瑣事大致底定，生活被重新推上軌道，跟新同學的相處還算融洽，放學的時候，我跟同學順著水碓里的坡道，散步到英專路上廝混。就讓弟弟自己訂便當吧，反正他從沒吃膩那間中央廚房的便當。這附近少說有三家在作外送便當的生意，信箱收到的各種便當外送傳單我們也都收在電話機附近的抽屜裡，但弟弟就是只跟他家訂便當。

起初我以為是便當的菜色天天都不一樣，後來才想到，是因為送便當的人天天都一樣。送便當的男子說，因為中央廚房離我們住的社區大樓很近，所以如果我們家只訂一兩個便當，他有上班的話也可以幫我們送。

開門迎來他，以及他送的便當，那個「送便當的」，成為寧靜童年中的一個闖入，我仔細地熟慮，而原來弟弟也正在默默觀察。「送便當的」身上所帶的那個氣質，究竟是什麼？我們不可能完全不知道，只是不太想去正面承認。他不像一直以來我們所熟悉的父親、伯叔、舅丈，那些娶妻成家的男子；他雖然孤伶伶一個人，卻又是那麼圓滿的感覺，活在他自己的氣質裡。

一開始只是按電鈴，隔著對講機說他是「送便當的」。站在門外，送上便當收下銅板，俐落離去毫不帶一點情感。不知道是送久了，漸漸對我們這對窩在家裡沒爹沒娘的兩兄弟感興趣還是怎麼樣，往後每次送來便當，都會與開門給錢的弟弟閒扯個幾句話。次數愈來愈頻繁，閒扯的時間也愈來愈長，家門口站著那個「送便當的」，以及背對著我的弟弟，那看起來簡單不過的構圖，如今想起來就添上了許多粉紅氣泡，還有一道道六色彩虹。那時候的手機只能發簡訊，電腦只能撥接上網，每到吃飯時間前後，弟弟才有機會跟「送便當的」聊天。弟弟被他逗得發出吱吱咯咯的笑聲。

不知道送個便當可以聊什麼，這麼開心。

弟弟儘管想訂便當，就任他去，我則依然堅持要去買巷口那間肉羹。百年肉羹沒有店名，我私自按著第四代老闆的特徵，就叫那間肉羹店是「小鮮肉羹」，放學如果沒有跟同學在外頭吃晚餐，就會順路買他的肉羹回家；沒上學的日子當然也願意特地出門去買。當弟弟和那個「送便當的」愈來愈有話聊之後，「送便當的」剛上門，弟弟就說還想喝碗肉羹配飯，託我去買。我以為他只是懶，或是想跟「送便當的」多聊幾句，故意把我支開，但反正我可以去找我的「小鮮肉羹」，就不顧「送便當的」會不會被弟弟迎進家門，樂得到巷口去買自己的幸福，不是，是去買自己的午餐。

可寫到這裡，我不免有點驚恐。會不會當時弟弟根本就看得出我對「小鮮肉羹」的覬覦，所以故意製造機會給我呢？「送便當的」來得很突然，而「小鮮肉羹」則是默默地陪他的家人守在那個巷口等我。「送便當的」留給弟弟去，我有「小鮮肉羹」就好。兄弟倆各吃各的，維持了好一陣子。

好幼稚的青春期。可是，誰都無法說明白，那種端著飯碗或便當的同時，看著一張姣好面孔，癡癡地將飯菜送入口中，食之無味，心裡頭只有一骨碌化不開的濃與甜……往最深層的內心世界探掘，這竟然可以是源自於成家的渴望，以及對孤獨的恐懼。畢竟兩個男人同桌吃飯是那樣簡單卻遙不可及的事情，我和弟弟，好早好早就憧憬著但又唯恐失之的兩人世界生活。

就算回到那個時候，很多事情也是無法說明白。一次和弟弟妥協，便當也不吃，肉羹也不喝，兩人一起出了大樓管理室，就一路往捷運站走，走了快兩公里左右，來到河邊老街，悠悠盪盪地散步，邊走邊聊，聊的都是些跟學校有關、跟剛才破台的電動有關的事情。星期三傍晚，老街上的人算是冷清了，但每家店都有開張，鎢絲燈泡明晃晃地亮著；炭烤魷魚遞出鹹香的煙塵；排隊的餅舖，在這沒什麼人的平常日，依舊人龍蜿蜒。稍稍過了吃飯的時間，和弟弟沒有特別說好要吃什麼，就是沒目標地走。終於，盼來夕陽，和遊客們一起站在河畔，靜止了幾分鐘的時間，像奇特的儀式，朝歎一般往觀音山的方向遠眺。

本來以為弟弟要說什麼，關於「送便當的」。後來弟弟他說，他也以為我要說什麼，關於「小鮮肉羹」。結果我們就是吃了不地道專門騙觀光客的阿給，又踱著步，回家的路上再嗑了碗刨冰，什麼也沒說。

外食的日子繼續行進著，「送便當的」換了人，「小鮮肉羹」去當兵。我和弟弟卻沒有想像中的惆悵與落寞，飯還是照吃，走過夕陽氤著水氣，在天空中殘留了一股泛黃照片光澤的日子，每天兩餐，同桌吃飯。沒有說好最後一餐是什麼時候，直到我上大學離開家，他上大學也離開家，一起買飯的日子才漸漸消失。

後來房子賣了，我們徹底離開那一區。像對著蒲公英猛力吹口氣，所有的瓣蕊四散飛舞，全都留不住。

只要得空，我跟弟弟還是會回到淡水老街去。隨便亂逛，瞎嘴亂聊。就是那句話始終沒說出口。一年又一年，回憶著那年兩兄弟都沒問出口的話。

「你也是吧？」

只是誰都不願先問出口。

曾經豔陽

坐在二十六樓的落地窗邊，男友種的那幾盆虎尾蘭、黃金葛、胡椒薄荷與迷迭香，枝條招搖地和窗外的雲影遊戲，陽光忽隱若現在木地板上露出腳跡。還有幾個小瓷碗裝的多肉，彷彿在笑，撐著那飽滿的肉葉，嗤嗤嗤地笑出了一顆顆花苞。這窗外的景色本來是看膩的了。五年，還是七年？與男友的關係雖然愈甜，釀成一種陳年的習慣，但還是需要時時認真地細品，以免荒疏了一進一退的節奏，誤踩了對方的腳，或是地雷。

近一點的公寓或大樓，都比我住的這棟矮，矮了許多，甚至還可以看到兩層樓或者最高不過三層樓的透天厝，不很整齊地堆在視野左前方的一處角落。那個角落很快就要消失了吧。這樣的街景，沒什麼溫度，不僅是這兩天碰上春節寒流卻毫無冷暖之別，即使是八月中的盛暑也一樣，落地窗看出去的彷彿只是一個高畫質的投影，蒙上一點遠方工廠的霧霾甚至更顯真實。

說不出是熟悉還是陌生的感覺，今天特別起早，多了一點零碎的時間，坐在窗邊的工作桌，把眼前的城市風景重新玩味了一番；咬著一如往常的花生抹醬烤土司，一杯純黑咖啡，配上了滿屋子不真實的錯覺，思緒一直被干擾。明明全是這幾年來再尋常不過的景色，任靈魂隨著一點點流淌的北歐電音而安頓在屬於自己和男友的方寸之間，但今日，這份安頓卻頻頻渲染起一種異樣的氛圍，彷彿在音軌中被嘎進了另一段和聲。

回頭，客廳L型長沙發睡著兩人。

媽和哥。

我忘了，這兩天他們專程從台北下來找我一塊兒過年。反常態地，是母親到兒子家過年。有很多傳統文化就是這樣被消失的吧，生活模式都已改換了，三妻四妾養不起了，三從四德早也乏人聞問，單親家庭首先創下了沒有婆家，小年夜就窩在娘家吃喝拉撒到初五開工的「陋習」。聽誰說這樣會帶衰娘家的，就讓這種聽說慢慢地成為不可考的怪談，某種都市傳說。

我常常起得比他們都早，今天也一樣。那時，坐在淡水老房子那面落地窗前的電腦桌上，打著千篇一律的遊戲。母親當時一個人睡在小房間，而哥從以前就喜歡睡客廳沙發，躺硬枕頭，雖然是那種不用三分鐘就可以遁入夢鄉的人，但睡得極淺像個隨時要出陣的兵。可惜他免役躲過了十八歲那年抽中的海陸，平生又沒有簽下去的契機，否則出來不是校尉級，少說也可以撐個士官長。

偶爾，趁哥熟睡翻身過去的時候，像所有男生一樣，我也會打開一些不該給家人看見的網頁與影片，縮在遊戲程式的最下方，左手指隨時在ALT和TAB鍵上就位。畫面上那些男人們流淌著汗滴淋漓、聲嘶著虎狼沉吟，是我從哥哥的電腦裡複製轉錄下來的。我應該比哥還早知道自己的狀態，以及我要的是什麼，在他一三五約女網友、二四六找男同學來家裡的那段中二青春，我只是一逕地固守著自己的電腦螢幕，面無表情地看著他原形畢露而不自覺。我從他環環相套勾心鬥角如多寶格般的電腦資料夾中，層層穿越尋常異性戀男女的愛情動作片，直截了當地找到我要的男男光碟與網路連結。還有一些他特別迷戀的男歌手，記得當時應該是阿杜，後來是蕭敬騰。他喜歡那種嘶啞的音牆，粗獷的男聲。

誰不喜歡呢！

媽知道的時候，也沒說什麼，彷彿這個家庭注定是要沒有異性戀男子的。

「給你們這種家庭是媽不好！」

她常這麼自責，我們都勸她不要想多了。那不過就是，她挑男人的眼光差了些吧，關於男人這種事哪，誰都有看走眼的時候啊！更何況她說過，當年，不就只是為了要逃離高雄，才隨便找個幽默的台北男人嫁嗎！如今讓她有兩個同志兒子，不也是挺幽默的？

剛搬到淡水的那時節，父親還在，應該說，值得被稱作父親的那個人還在，他偶爾在。心情好的時候他就在，沒喝酒的時候也在；後來他就消失了，不知道去哪裡，最後一次聽說他，只曉得溺在濃濃的酒精裡。但和今日這落地窗前的恍惚相比一下，那種情緒、那種氣氛竟去之不遠。何以明明是我為自己定義的幸福，卻和那段青春的蒼白幾乎要畫上了等號；我再回頭看看媽和哥，我困惑，但也漸漸明白。這原是家的雛型，我戀家啊巨蟹座。

是這樣說的，離開淡水之後，至少日子是一天天好起來。媽和哥經常就坐在一旁看電視或小說，我背對著他們打電腦；少了一顆定時或者不定時的炸彈在身邊，我們都感到輕鬆許多而忘了怎麼跟對方吵架。真的大吵那種。也許，我把住在淡水的歲月美化成一個回溫點，苦難也鑲上了華美精緻的框，隨著我一天一天的沉澱，不自覺的替它添上了粉紅、鵝黃、湖綠等各種溫潤的裝飾物了吧。

這種催眠，短短一日一夜之間是無法停下來的。看著落地窗邊漸漸刺眼的朝陽，好像是萬芳社區頂加的網友家，前一晚我們例行了公事後，就守在落地窗前——他也有一扇落地窗，是房東本來要自住而裝的。我們先是賞月，接著數星星，卻還沒來得及迎接太陽，就抱著對方沉沉睡去。或是那間老公寓的固定炮友，本來說好了每次見面就是專心逞欲，可後來又是宵夜又是早餐，搞得像情侶。還有一個酒友自己住大四房，邀請我週末的時候去他家，轟趴。無論哪一種，我看過各式各樣的房型，沒窗的雅房、挑高的小套房、甚至還約過一次透天厝，但都沒有一間能讓我安定下來像淡水的老房子。那明明是充滿爭吵甚至家庭暴力的場域，可我想，或許是淡水窗外的夕陽吧，老照片的色澤每天從窗外投入，讓憂傷淡淡隨著光影遠去。偶爾有鴿雀掠過的高樓，那就是我的家。

也是如此的緣故，跟男友愈住愈高，現在是二十六樓。落地窗依然朝西。男友租了車，要載我們一家仨，到蓮池潭晃晃。可說也奇怪，媽對於龍虎塔竟一點印象也無。她在塔前拍了好幾張自拍，彷彿是為她的青春趕補進度，注視許久，脫口就問我：「這塔是什麼時候蓋的？」

我訝異地看著她這個高雄囡仔，她懂，但她搖搖頭：「我已經，卅年沒有回來過高雄了。」那聲音中帶點愧疚，以及無奈。外公很早就過世，而去年，外婆走了，媽總是三天兩頭提到高雄的事情，媽說，她想媽。

這也是她為何會選在這個時候來高雄跟我過年的原因，生命充滿陰錯陽差。

我與媽的方向完全相反，卻在兩座城市之間找到對方。念頭興起，我參與了哈瑪星的社區營造計畫，加入打狗會社，用一種斧鑿極深，砍斷剛猛的力道，步伐沉沉地劈進了高雄這座城市，看見十八歲的媽曾走過的那些老馬路、舊房子，一些耳聞過的高雄，外公外婆鄉音濃重而導致畫面模糊的街影，於焉有了清楚的本來面目，向媽仔細地詢問了一些究竟，她也開始回顧從前。有很多事情，想得起來，但那畫面感已經很淡了，我傳了一些舊照片給她，她看見了我正在看的那個年代的泛黃照片，不僅僅是老高雄，怎麼連十八歲一心北上卻未曾照顧到的老台北，忽然都在她面前復活了！於是幾個晚上滔滔不絕，說起了卅年前還沒有捷運、愛河很臭，唯一不變就是陽光毒辣的那個高雄；還有第一次到台北時，那滿臉的失望與不安，自己到現在都還想得起來。如今要媽細想，是什麼事情讓她這麼想逃離高雄，她說不出來；說出來，也都不重要了。她說，現在只想當年要是能多留在高雄幾年，或許今天還不會這麼想著自己的媽。

我也問過自己。當隔壁的人睡去之後，每一晚，躺在不同花色的床單上，我問過自己，我會想媽媽？還好那都是完事後的動物性感傷，有點廉價地落了幾行清淚，抹去後就能重來。周而復始，直到我想讓自己停下來。轉眼，我已經在高雄落腳，循著母親的青春印記，總覺得還差那麼一點點，就要遇上結著馬尾辮子的母親了。

媽住過的那棟老房子不在了，所以我才會知道落地窗前那個角落的老房子也將面臨一樣的命運；我騎車去過那條街，母親住了十八年的那條街，巡一巡都更拆完的現場，斷垣殘壁對我來說很難想像原本的樣子，這就是我母親生長的地方啊！她是個沒有家的人，回不去了。

一直到我三歲為止，聽媽和哥說，每年過年，所有人都會回到那棟老房子團圓，所有人當然是指媽這邊的。可我對這老房子一點印象也無。只是永遠記得，那是媽豁盡全力想逃離的巢窠，好似裡頭豢養著孤獨寂寞的獸，沒來由地讓人遠避。直到她真的回不去為止。

而我卻來了，也是一樣的十八歲，也是一樣沒有什麼緣故地往家的反方向奔走，我離開濕冷的台北，塞進了這座熱得人皮膚刺痛的城市。

沿著蓮池潭的水畔閒走，媽說起了她對高雄的印象，總之，記憶無法再貼合了，她被這座城市徹底地遺忘了。我則漸漸地肯定了自己曾經來過這裡，而且是打娘胎就來過的，莫名地憶起了這邊的氣溫天候，像是偷偷吐掉了嘴裡的孟婆湯，才會在分發入學沒多久後，就這樣順著旗津的風、隨著愛河的水，默默地安居下來。與男友兩個人，譜織著曾經聽媽說過的高雄夢，一起曬著高雄的艷陽，像那一碗碗小巧玲瓏的多肉，開出嬌嫩的花。
這是成家的第一步，種下一顆樹。

熊野告白

在雨聲中驚醒，我搖了搖睡在旁邊的你。你磨了幾下牙齒，轉過身去。此時，那扇可以左右拉闔的大玻璃窗，映出了你的睡臉；窗戶上沒有雨滴，我以為這不是雨，應是場夢。推開窗，砸破幻夢的雨聲迎頭捲著山風而下，這樣真切的夜雨，卻沒有半點水露侵來，促使我探頭翹望。

原是寺院的屋簷飛得老高，遮去了這場夜中的山間驟雨。

「這樣明天怎麼辦？」我像說給你聽，又不像，像說給老天。

「什麼？」不知是夢囈還是答了我的話。

「沒有。睡覺吧。」我趕緊回你。但看你半眼未睜，應該是睡昏了。

從背包裡撈出了山路地圖和簡介單張，難以成眠的夜裡，適合替明日的旅途彩排，像小學生校外教學的前夜一樣，興奮地把每個景點走過一遍又一遍，腦內那張地圖印滿重複往返的預演足跡，似乎連名產都已吃下肚了。

幾個月前，擬定好出發的日子與天數後，便毅然決定要帶你上高野山。以往出遊多半都有親眷友朋在側，人多嘴雜說不上半點心裡話；不曾跟你一起出國，或是兩人結伴遠行過，總覺得遺憾。記得一次家族旅行，在某深山部落，你找到一處不被打擾的樹林，鄰著溪畔，四周無燈無火。不記得是誰開始的，竟聊起了你的進路，我的出頭，直到看不見對方的身形面目，剩下星光點點在天空閃爍著貌似璀璨的未來。那時候才知道，原來我們一直互相牽引、影響著對方，以至於思維模式愈來愈神似。但又如兩顆重力不同的星體，隔著一道無法超越的距離，不斷拉扯對方旋轉，相看不厭，周而復始地轉下去。

天漸漸地亮了，也晴了，我搖醒你。喂，六點了。

「再等一下啦。」

等不及，我有太多話想對你說。

提供住宿的光臺院宿坊，早上六點，敲響梵鐘；六點半早飯未供，便呼喚所有房客往正殿集合，住持帶領眾人一同餓著肚皮做早課，並開示解說高野山與真言宗的殊勝奧妙。

幾近無神論的你，相信諸神黃昏過去，世上再無神明。巨靈生而不有，為而不恃，盤古的脂肪化作棉被捆裹著想睡的你。早課幾乎要了你的命。寧可自食其力而死，你總不願做一個等待果陀的癡漢。但也是這樣的你，居然在住持的引介之下，你合掌了——向著平時不對外開放的御室祕佛本尊，文化的莊嚴肅穆，一千兩百年傳承不斷的信念打動了你。你興味盎然地請我翻譯日本僧人的開示，以及御室光臺院與高野山的歷史。

一塊狹長的山中臺地，被象徵蓮瓣的八座主峰環繞，間間錯錯至少五十間寺院駐此，寺齡都在百歲以上。整片山頭住滿僧人，以及提供一切飲食衣服臥具醫藥，生活必需的店家商號。這裡是日本真言宗的道場，而真言宗其實源於唐代密宗，法法相傳；承接唐宋正朔，不管海峽左岸或右岸都早已失去這條法脈，如今卻有一輪大日，掛在高野的蓮峰上，遍照無餘，法音無盡。

走出光臺院，經文勾纏在繚繞的香煙餘塵上，周遍全身。

「怎麼樣？有洗滌身心的感覺了嗎？」

你沒有答話，只是靜靜地望著遠方山色翠碧。

隨著香客的洪潮，參拜金剛峯寺、根本大塔等重要景點後，買了飯糰，裝些飲用水，轉往金剛三昧院；從該院的側路，便能進入熊野古道。

高野山做為起點，旅途才正要開始，你的行李更見豐厚了起來。

熊野古道的終點有三間神社，是為熊野三山，位在高野山東南邊約莫七十餘公里；一千兩百年前，仰慕兩個信仰端點的信眾，徒步往返參拜，走成了今日所見的熊野古道；古道被稱做螞蟻的參詣道，可以想見沿途人蹤不絕，綿延數里的盛況。

熊野古道有小中大三邊路線，從高野山出發的這一段，是千百年來神佛溝通有無的小邊路。你饒有情致地聽著。熊野高野，還有一個吉野，這紀伊靈場的傳說，無消世界教科文組織的遺產登錄，便足以撼動人心。

小邊路最短，但也最險，選擇這條路線，即是考慮到你的興趣。大學時代，你離家在外求學，還加入了登山社，用自己打工的零餘買齊裝備，瞞著家裡，攀過南湖大山、北大武山等百岳，和一票學長成為山的信徒。從前很擔心你對凡事都沒有興趣，又學畫畫又彈吉他，拉二胡練柔道，希望幫助你探索自我；事實證明，那些都是白費力氣。你自己知道你要什麼就好，旁人豈說得上嘴呢？

我也如是，我慕於佛道，追求心靈的高峰，甚至因為短期出家而差點鬧成家庭革命。可是誰知道？或許也只有你曉得吧，那都是我沉淪慾海後的回首頓悟，痛徹前非。我不管別人怎麼想我看我，我只忠於自己的心靈。你愛上了自然山林的原始氣息，不可侵犯的山巔巨巖，乃成為你的信仰你的神。

山是信仰的源頭。奧林帕斯或崑崙須彌，山頂是最靠近神的尖端，人們朝山而去的那種奮勇，感動了不怎麼相信神靈但卻對諸神精靈保有崇敬的你。

一人揹著一個過重的後背包，走在林相單純，多是杉木同並的古道上。迎接我們的第一個難所，是夾在一整排高聳杉木中的險坡轤轆　，坡上滿地松果，被昨夜一陣驟雨打落。傳說仙人以此為食，辟穀飛升。

你踩了踩地上松果，有人工鋪設的柏油段，也有由腐葉黃土蓋覆的原始泥路，似曾相識的幽徑，你又提起了另一次的入山。

那次，在一個半似荒郊、半似人境，和你，和一群朋友約在一處不知名的深幽溪畔烤肉。天放大晴，誘得人脫去身上衣物，跳到清淺的溪水中嬉戲。那時候的你僅有一百二十多公分高，未熟的國一大小，毛髭未齊，你說你還記得，溪水淹起來不過到你的胸前。在溪的最深處不知抓捕什麼魚蝦，許是腳底下的青苔滑擦，追在苦花身後一個撲空，你往前跌，卻沒了頂。

我趕緊跳到水裡，游向你的方向。我當時心裡頭只有一個念頭：我還有那麼多的話沒跟你說呢！你也是，不是嗎？

是因為現場只有我會游泳嗎？還是因為那個人是你？溺斃事件往往發生在水象不明的溪畔湖潭，發生在會游泳的人身上，可是當下，任何聽過的警告與宣導都是無用的，一心只有跳水去救你。當我抓住你的手，你也猛然反抓回來，我知道還有希望，你還好好的。

湍急的溪流，要沖散我倆，彷彿將二頭肌都拉出爆青筋的力道，一手滑水，一手扯著你游回岸邊。雙腳死命地踢，那不能稱作游泳，而是一種掙扎。

所以你從此只愛登山，不樂水乎？

倒是說說話？從光臺院出來之後，你就悶悶的了。

該不會勘破一切想出家了吧？別鬧我，什麼都可以學我，就這個不行。

「你說的喔，什麼都可以學你？」

當然，兩個都出家了，誰照顧母親呢？其他都好，出家不行。

你點點頭，沒答幾句像樣的話。

為了能跟上你的體能，沒有登山經驗的我，連著一個月都在仙跡岩爬樓梯；可是當背後有了負重時，所有的腿力訓練卻成了笑話。你說我的肩膀太窄了，揹包撐不起來，這樣走起山路會很累，就算腿力再好，負重的支撐點不對，爬山就變成苦差事了。爬坡的時候你接過我的揹包，一前一後扛起了兩人份的行李；看著你健步如飛，再看看自己的左右兩肩，的確離視線好近好近。慚愧地追上你的腳步，曾幾何時，你不再只是穿我穿過的衣服，玩我玩過的玩具，讀我讀過的學校，踩我踩過的腳印？

一個眨眼，愛哭愛跟路的你已經走在我前面了。

快看，這裡好開闊。你站在前頭一個岬角大喊，彷彿剛才憋住的話都將要潰堤喧奪而出了。兩手空空的我卻是氣喘吁吁地自嘆，跟不上你了。

眺望群山的轆轤峠，左手邊沒有岩壁，右手邊也無山牆，兩排整齊的杉木，柵欄一般梳著遠方的山影和雲蹤。放眼幾乎沒有涯盡，只與天同際。山腳下有幾間民舍，一條深藍色的溪流和一道深灰色的公路互相交叉，貫穿古道之間。站到了稜線上，但見這千年古道保有原始林相，卻又能嗅得上不少人味。

前後被兩個人的背包夾著，像隻憨慢的陸龜，你卻比早課的時候更雀躍。也比半身泡在水裡追捕溪魚的時候更沉穩了。但為什麼我一直都沒發現呢？甚至不曉得你是從什麼時候，蛻變為一個肩膀寬厚、手臂粗壯、兩腿發達的男人了？

遲疑間，一陣悶雷從我們後方襲來。那聲悶雷很近，而且連打了六七響，我還沒意會過來，正要轉身的時候，你阻止了我。噓！不要動。你小聲地說。五月襖熱的天氣我卻像被冰住一樣，又聽見那聲聲呼嚕呼嚕的雷響又傳來。

是熊。你用氣音說。快步走，不可以跑，小聲一點。

行前就已經知道，小邊路因為原始生態保存良好，不僅是熊，還有野豬、腹蛇、野狗等各種有攻擊性的動物。但我心存僥倖，並未準備任何防範的措施。你也認為不至於這麼好運，在一千多海拔的山區就碰上這些山神的使者。

料想那幾聲咆哮應該是在宣示勢力範圍的警告，大概快步走了幾百公尺後，已經沒有聽到任何熊的聲音了，我們才敢停下腳步來。小邊路才走了七分之一，但我們都想得到，還停留在有人跡的地方就已經碰上熊了，遑論後面山路愈走愈深的時候，難保不會誤闖熊窩。

眼下卻也不能退回高野山，沒有岔路的小邊路前段，就這樣原路走回去，可能真的就要跟熊搏鬥了。

你正尋思從山林中脫身的辦法，運用你豐足的知識與經驗，應該可以想得出一則良策。可是我卻沒有和你同在一個緊張感內，剛才如果一個閃神，無常萬事休矣，本來想問的想說的，都沒機會了。我害怕的竟然是話沒問出口。

我以為，帶你出國散心，把話說開的機會來了。

「你也是，對不對？」

聞言，你一臉驚恐，你還在想要如何平安下山，甚至你的精神還停留在遇到猛獸的慌亂中，我卻粗魯地趁虛而入，只想確定我要確定的事情。

登山的記憶都被代換成一段段我與父親爭吵、甩門、甚至離家的畫面。我看得出來，那些畫面果然深埋在你心中，成為你的陰影了。你怎麼敢承認呢？在你看到我帶男友回家，被父親發現的那個當下，你還敢承認什麼呢？

不僅是衣服鞋子玩具，就連櫃子也是躲我用過的。早你一步走出櫃子，是做兄長的福利，可是那也意味著你必須藏著這個祕密，直到某天父母親長都一一離去後，你才好對我說出這樁心事。

一門忠烈這種玩笑話，在你背上顯得特別沉重。

你甚至連點頭搖頭的力氣與膽量都失去了，兩眼看著我，好遠又好近，你的焦距縮短拉長，無力到胸前的背包差點滑落。我一個箭步上去接住了背包，想要說個笑話打破你的尷尬。

「熊耶，不是你的菜嗎？」為了不讓你那麼拘謹嚴肅，我似乎說了個不是很好笑的笑話。熊是圈內的一種身分標誌，那些肌肉過度發達甚至是有點肥滿豐腴的多毛男子，都可以被稱之為熊。其他還有身型健壯精實的狼、體態神情妖媚的狐、瘦過頭的猴、以及胖壞的豬。我當然知道你看過我的硬碟，所以也反過來開了你的電腦，這才發現原來你愛的就是這種粗勇型。不消說，後來幾任男友，也都是這種菜。

「屁哩！」笑著笑著，你就哭出來了。你我都從未感到如此輕鬆，後來怎麼順利下山的，其實都不那麼重要了。因為我們已經到過山頂，一起見過風景。

基調公寓

三十五坪，六樓，有個大陽台，不包水電，一個月一萬七千塊，三個人分。然後我們常常在大陽台上烤肉，喝點小酒。

當初找這間房子花了點時間，找房客也花了點心力；我跟Y穿梭在新店街頭，搜索開學月餘以來所剩不多的房屋出租，每張字條告示乃至於徵人尋狗，都不放過。

由於沒有字條貼著「缺室友」三個大字，所以我和Y各自選了不同的通識課，試圖在新的課程選擇中尋找新朋友和室友。

第三個房客是我在一堂通識課上認識的，姑且稱他為D。

千說百說，甚至提出了免押金的優渥條件，我和Y幫他各攤了一半的押金，才把他延攬進來。

原因是六樓太高，讓嬌弱的他畏懼了好一陣子。而我選中這間房的原因也是因為它遠在六樓，一登上陽台，那開闊的視野和一覽無遺的新店街道，令人消憂解愁。

藍本憂鬱，但天空晴快的藍，從沒讓人聯想過憂鬱或其他詭祕的心理狀態。

或是夜裡，明月當空，陽台正對東方，遠處的高樓細縫間升起明月一輪；吹來的夜風，月色裡彷彿傾下半片光輝，在我們的酒杯裡搖漾。時間允許的時候，我也會來上一小段海島冰輪初轉騰，嗓子喑啞，但大夥不計較。

Y的房間裡看得到夕日，D的房間正對著樓下熱鬧的新店街頭，而我的房間便時常覽月吟風。

也許是這樣的窗景，或是本性使然，Y的長髮瀏海和他蒼瘦的臉，不斷地吐露著他還有更多的夢想要追求，但夕陽卻不斷落下遠去；久而久之，他已經可以用同一種表情面對每天變換不同的晚霞了。

風月偶爾會灑進窗底來，像今天就是，催著我的手指不斷敲打鍵盤。

而D，總是最晚歸的一個。他似乎受到了霓虹的誘惑，跨上他的小野馬，天天往台北市不眠的地方奔馳。

叢生的高樓掛上了秋夜星空裡的流光，那和我在陽台或窗底見到的月色不同，很閃耀，甚至比月還明亮，而且沒有陰影，沒有雲朵會遮掩住它們的光芒。

D也在光芒裡頭。曾經在一個夜唱聚會上，我也見識過D的那種光芒，無人能敵，一個真正的大明星，風姿卓越地歌演著他的青春，他的愛情，他的人生。

他那R&B的痴情歌聲裡頭，永遠住著數個我和Y不曾見過，未曾相識的人們，男人們。

也許清醒才會驚覺自己曾經癡迷過，但更多的人寧可選擇不曾清醒。D應該有醒過，所以後來又迷戀著那些迷幻的燈影。

每交往一個不同的人，他的房間都會悄悄地告訴我那個男人的樣貌。煙味、香水味、和家裡不同廠牌的洗衣精，或是空氣中一點點不一樣的氣息，讓我勾勒出他每晚抱著入睡的男人，是圓是扁，高矮胖瘦。

就像Y的女友離去後的家裡，總是會留著百合花盛開時的芬芳一樣，只是D的房裡可能是麝香，或者更野性激烈的氣味。

他的房裡，還透著一絲絲稚氣，地上散滿著零食，睡在剛曬好的衣物上，看起來是個需要媽媽照顧生活的人；成天作著美麗的夢，一度讓我以為他的眼裡所看到的世界是粉紅色的。

不像我和Y，拖著老長的歲月痕跡，各自迤往未知的盡頭，甚至是一些沒有盡頭的路，我們都欣然或獨自悄然前往。

只有D，D走的路，在一場夢裡鋪排出完美的軌道，醒來時，那軌道不一定還在，但是D總有充分的想像力讓軌道延續。

延續到我們要分離的那一天，他告訴我他和男友找到了新的房子，而D也為此幫我們找到了新的室友。

我從不曾為了男友而毅然決然地興起同居的念頭，但是D可以。

我頂多帶男人回家過夜，那時候可能要Y稍作迴避，但是我沒有勇氣和可能只是寂寞得想需索一具同樣擁有寂寞身軀的男人在一起。

D要搬家那天，Y說：「我會記得這段好像住在GAY吧裡的日子。」

「喔，我忘了說，新室友他也是GAY；你還要繼續當這棟公寓裡唯一的真男人。」D笑著說。

最不智的聖戰

紅衫軍那年，我徒步從杭州南路經過，目標是杭州南路上，當時全台第一的同志夜店。政治觸角尚未啟蒙的二〇〇六年，我曾經習慣稱它是民國九五年。

景福門之變，我以為課本會這樣稱呼紅衫軍。後來發現不行，太多事情發生在景福門了。六年後，我站上街頭，沒有搖旗吶喊，也沒有振臂疾呼，我只是跟一群和我一樣，被異性戀豢養教育了數十年，卻始終沒有被教育成異性戀的性少數們，男同志、女同志、雙性戀、跨性別、雙性人、無性戀、人獸癖、戀童癖、變裝癖，圍在景福門前，為自己的生存和欲望奮鬥。我剛才一度想把後面三種性癖刪除，我知道，有很多反對勢力會抓著這個議題，一竿子把所有性少數打翻，造謠說我們最終都會變成那樣，可是，不管他們需不需要醫學或法律上的幫助，他們確實地存在著，跟我們呼吸一樣的空氣，只是更壓抑了些。如果我也忽視了他們，抹消他們的存在，退一萬步用預防犯罪的概念來看待，把他們藏入黑影中，那才是最不智的作法。

而且，我們不可能變成他們，就像你們絕對不會變成我們一樣。性的選擇，會經歷一種先後天複雜的選擇過程，選擇後的選項，依然有可能變動，但無論怎麼變動，身為性多數的異性戀者們大可放心，性別教育無法把所有的性多數都變成性少數，如果可以，那就不是性別教育，而是巫術了。

最重要的一場戰役，就是來自巫術的權勢。郭美江牧師的燒燬論傳遍網路，經典名句如：「同性戀是個網羅，他會整個抓過來」、「你不要跟他有聯絡」、「整個科系都是同性戀」、「那是巫術的權勢」等等，在在顯示著二十一世紀的台灣，對性少數的歧視與偏見，真確地來自基督教團體。他們是用中世紀燒女巫的態度，面對整個性少數，我方才提到的那三種癖好，以基督教為主要成員的護家盟團體一而再、再而三用來恐嚇無知民眾，讓一般人誤以為性少數都會變成那樣。

為了這個緣故，我早先開設的宗教粉專「慈護山雲門宗俱舍寺」，本來是要討論佛學，駁斥附佛外道的粉專，目前最主要的工作除了一樣弘揚佛法之外，還多了一個推動性別平等、與護家盟團體論戰的功能。我的師父當然是很不能贊同我這麼作，不是他不支持性平、不支持同志，而是他不希望一個佛教為名的組織或身分，最後陷入在跟佛教內涵有點偏離的議題上。當然，如果我能很圓融地將這個問題不斷導回到眾生平等的面向，我師父倒是沒什麼意見，只是性少數太廣泛普遍地提到關於「欲望的實踐」，身為佛教徒，應該要談論的是「欲望的本質」，這兩者之間的差別，在於服膺欲望，或者宰制欲望，簡直天南地北。我想這是師父略有微詞的原因之一。

又或者，我師父更在意的是，當我用佛教身分與基督教或護家盟團體論戰的時候，這兩個宗教以外的人，或是沒有宗教信仰的人，會不會因此而誤以為佛教就是雄辯家，就是愛好諍論呢？並非每個人都能理解孟子的予不得已也，站上街頭開戰駁火，如何拿捏言論力道，永遠是個進退維谷的大難題。畢竟說話只要學一年，閉嘴卻得學一輩子。

我分享過友善同志的言論，也轉貼過仇恨同志的言論，甚至舉著粉專的旗號上街頭，直接跟護家盟團體對質交罵，這個過程中得罪很多人，也錯失了廣結善緣的機會，特別是反同力道極強，但後來卻跟同志名人四叉貓甚為友好的趙曉音牧師，至今我依然不敢按下臉書交友邀請。當年，我搭著縵衣，不顧師父師兄提醒這樣違背戒律，在街頭為同志也為自己發聲；而趙曉音牧師就用手機拍下我持咒的影像，大聲嚷嚷著：「大家不用怕，他是假的，頭髮那麼長！」等言論。

我才驚覺，原來我熟知的佛教文化，僧眾穿袈裟、俗眾搭縵衣，原來已經屬於專業知識的部分，連他教的神職人員也可能沒有能力辨認清楚。我向她解釋，我是居士，穿這樣是正常的，但她卻不懂，依然用「大家不用怕」來安撫她的教友。不用怕什麼呢？是不用怕我的咒音會對他們造成咒詛的效果嗎？我誦的是光明真言與七佛滅罪，只是希望大家能消滅戾氣業障的行為，卻因為誤會而造成莫大的反作用力，也令佛教蒙羞。我才懂，戒律本身的存在，果真有經過深度的思索與考量。我不知道四叉貓是否有影響趙牧師對同志的觀點，或許趙牧師依然反對同志結婚，但我看到他們讓兩個曾經仇視對方的團體，有了對話的彈性。這也是我一味衝撞而無法造成的效果，我為此深深懺悔，乃遵從師命，往後就不搭衣上街了。

除了一次聽證會，因為聽說昭慧法師可能也會出席，我為了見法師，這才又準備搭衣。只是這次對上的，不是像趙曉音牧師這樣明事理的人，這次是來自極端基督教吹角團體的忻底波拉牧師，她一見我莊嚴搭衣，竟開始不住地用所謂的「方言」禱告，稀哩呼嚕一陣不知道是什麼天語，緊接著是一聲聲的「退去！退去！」原來趙曉音牧師的「大家不用怕」，是源自於基督徒真的會怕，怕異教徒的裝扮跟儀式，讓他們的靈魂受到染污。可惜我沒帶引磬，因為忻底波拉竟公然在聽證會的大廳內，吹起了她的羊角，一聲聲長鳴似乎想引動天使來解破封印召喚末日一樣，只可惜在天使眷顧她之前，保全人員先中止了她的噪音。

大概等了一個小時左右，聽證會的主辦方下樓來，說明聽證會可以開放的席位有限，但正反雙方都可以派幾個人上去參加，並保證會有發言機會。我一心想見昭慧法師，衣服都搭好了，當然第一個自告奮勇上前去，沒想到，忻底波拉牧師卻指著我的縵衣說：「不好吧，他這個那麼宗教！」

我聽了差點沒笑彎腰，我反過來指著她揹的羊角，黑色絨布袋子上正好印著十字架跟大衛星，我說：「你還不也是！基督教就不算宗教嗎！」

在她語塞的那段空白，我又再度體悟了一個很重要，但我一直沒有認知到的事實。

對基督徒來說，他們或許真的不以為自己信仰的是一個宗教。他們把部分的聖經條文當成生活公約，能遵守的就遵守，不能遵守或者有時空限制的，就尋求更完美的神學詮釋去消化它。他們過著自我認定或聖經要求的聖潔生活，漸漸地，聖經說生命的出現，是神的作工，他們相信了，並且就這麼單純地信著。在美國，各州規定學校對演化論的教育方式不一而足，有的強制教導演化論，有的竟把演化論視為假說的一種，僅能與創世論並提。

這不是愚昧，也不是宗教，而是一種徹頭徹尾的生活方式與價值觀，因為愚昧可以透由知識教育而消解、宗教可能經過科技文明而變形，但生活方式與價值觀，卻是根深蒂固，無法從生命中割除的。一但信了，就難以改變。

換言之，就跟性少數所選擇的生活方式是一樣的。性少數選擇了一種課本沒教、家長沒說的生活方式，並遵守這個圈圈內的規則活著，不傷害任何人，兩情相悅地活著，但基督教與護家盟團體卻不想這麼相信，不願承認這樣的生活方式是可行的。

就好像身為佛教徒又茹素的我，其實也可以按照教義，拒絕承認屠宰業者與肉食狂的存在必要，甚至要求政府立法禁屠。但我與廣大的佛教徒都是選擇不要惱害眾生，與眾生廣結善緣，恆順眾生，對眾生慢慢引導，所以儘管台灣是素食大國，也不至於成為素食恐怖主義國。

台灣反對同志婚姻和同志教育的主力，是護家盟、下一代幸福聯盟、捍家盟、信心希望聯盟等團體，而這些萌萌們，全都是基督教相關背景人士組成，他們選擇使用基督教的教義來反對同志的時候，從未思考過削減他們或者說阻止他們成為台灣重要宗教的真正阻力，其實是那些教導演化論、或是教導媽祖渡海來台的自然科與社會科的義務教育，只要學校與社會環境不改變，基督教在台灣是沒有多大出路的，從北到南多少媽祖上帝公王爺公信仰，就連佛教都無法成為最強勢的宗教，何況是排擠媽祖上帝公王爺公的基督教呢！可惜這些基督教徒跟牧師們都沒有看出這麼嚴重影響教務發展的問題，多少年耗費心力在抵制同志的存在，不惜發動三個忽視憲法保障人權的公投，無端地讓自己的教義染上汙泥。一如我當初只知道披搭縵衣出征一樣莽撞！

基督教與護家團體沒有發現，同志其實從來沒有主動去攻擊基督教本身的存在意義，就如同伊斯蘭教一定也反對同志，但是因為他們在台灣的還是相對少數弱勢，所以同志對伊斯蘭教很難生起敵意一般。台灣的基督徒和護家團體出來坦這個砲火，惹自己一身腥臭，非但無法顯明聖經上說神有多慈愛，更休想提升他們在台灣宗教市場的影響力。畢竟往後只要在台灣提到基督教，「恐同」的標籤是休想拿下了。

這實在是自十字軍東征以來，最不智的一場戰役，身為一個真正榮神益人的聖徒，應該趕緊思考與同志和解休兵，回過頭來好好牧養羊羔的可能了。

129　最不智的聖戰

卷三

肉域

天有男廁風雲

我與他在大學的男廁裡偶然重逢，我們隔著一道塑鋼遮板，對便斗解尿，像碰上了宿世的魔孽而打了個顫。洗罷了雙手，撥點水想梳整頭髮時，我們才忽然在鏡中認出了對方。

他已不似當年那般神采奕奕，徹底消失在同學們知疼照暖的寒暄裡，手機也漸撥不通轉為空號；那副憔悴形容，夾雜著歲月滌汰後的穩重，而我所記得的，那個穿制服，理平頭，踏著漆亮皮鞋搭電聯車通勤的他，原來早已被時光磨洗得好瘦、好瘦了。

我們在同一班區間車的不同車廂，捉了三年的迷藏。不一定相遇，放學時更不曾相約於八堵車站的月台上，兩個同方向的人，就對坐在區間車上兩列長椅，橫亙著走道任人來去。既不是至親的好友，也非學業上的勁敵，只在同一個班級裡，截然不同卻又遙遙對望的兩類人，每天在車廂內碰頭，或者擦肩。

板橋與八堵一軌相通，住在板橋的他比我早上車，從容愜意地坐在椅子上，或醒或寐，車廂內嘈雜的物事皆與他無涉。我住石牌，得轉捷運，尚未看透朝陽變換的光影，便挨身鑽進了甫升起的鐵捲門，趕搭第一班的始發捷運；如此，才不會被那群擺陣校門的糾察大隊，記下遲到的紀錄。或者說，我才有可能在同一班電聯車上遇見他。

天沒亮我就起床了，而在路燈熄滅之前，已經走過了兩條街。十一月微寒的清晨，軍綠色的舊式書包在肩頭晃蕩，走過了許多人的酣夢。耳邊掛著兩顆泡芙大的白色耳機，聽不見行人披著朝霧在馬路上慢跑的跫音，也忽略了捷運列車在高架軌道上的疾駛呼嘯。

淺綠色晨曦把街影皴得虛無飄渺，有時風雨搖曳在路燈的光罩裡，絲絲點點果真有幾分像雪；走進捷運站前，不由得將圍巾包得嚴實了。彷彿來到北陸的異國車站。聽那歌聲是這樣在耳畔一次次響起的。

「從上野開出的夜行列車下車時
在雪中迎接的是青森車站
北歸的人群靜默無言
浪濤聲是我所聽見的唯一」

被人潮擠上電聯車，餘光瞥見他，果真是一幅靜美的人物肖像。安坐在背景不斷橫挪、車窗所箍設的畫框中；無論晨昏，遠方投射而來的光影總是模糊朦朧一如印象派。而他也只是冷冷地看著我，就像看一截無趣的默片片段，被車門邊擠進推出的人群粗暴地扯上車又拖下車，毫無笑點可言。

對著鏡子想起來，青春好短，一程逆行的台鐵班次就足以回顧所有。

那時正流行名片大小的MP3，一堆周杰倫蔡依林王力宏濱崎步的音樂檔名標題，在P to P的網路分享平台上流竄，偶爾參雜著不知道該不該讓十七歲男孩預習的愛情動作片載點；但我還是用Walking Man聽CD，小林幸子美川憲一森昌子島倉千代子，傳統演歌之外，還有詞曲總是出人意表的石川さゆり：

「用衛生紙把你的腳指甲
包起來
從此一輩子珍藏
想見你的時候
就輕輕刺著臉頰」

逐年聽懂了她的歌詞，開始幻想著如何才能不被發現、不犯法地蒐集暗戀對象的指甲、頭髮、體毛（液）、乃至於是身上的體臭。曾經質疑是否只有我這樣，對人體散出的氣味迷戀執著，直到日商推出正太肛門味的芳香劑；坊間開始流行荷爾蒙香水；葛奴乙香過頭被幸福滿溢的人們吞吃入腹。拾起書本讀到李漁所說的「異香」，我這有點小眾的癖嗜，原來是一個嗅覺過度旺盛的情慾面。野獸大抵如是。

我看著鏡子裡的他，我不敢告訴他，我曾想像過他的味道，儘管從未實現過，但至少在夢中嗅聞了不下百遍。隔著車廂的走道，其實我在等待，等一個擠滿了乘客的機會，貼著他的臉頰，從鬢角的地方開始輕嗅。然後是肩膀，從他的肩頭猛力一吸，或許可以聞到腋下那股有點野臊的氣息。

我們隨口聊了兩句就漸漸沉默，嘎然。幸好還沒人進來上廁所。他似乎知道我為了不重要的往事而沉默著，便主動開口。

「好久不見。」

「對啊，你去哪裡了呢？」

我和他在高二那年就分班了。高一最後一次段考，隱含著班級前後段的裁定標準，表面上讓我們選擇一類或二三類組，私底下老師們忙著算加權分數，替升學班剪除了害群不良的煙酒生，也讓放牛班不存在學習權益受損的問題。

「我才剛考上這裡，是你學弟啦！」

他在後段第一班，而我在前段最後一班。我們都是文組一類的學生，學業實力相去不算太遠，所以兩年後，他也是前後腳和我同進了這間大學。

「你還住板橋嗎？」

「對啊，你呢？」

「我現在搬到學校附近了，在夜市那邊。」

「喔。」他的一聲喔，有點綿長，話題到這裡再度中斷。我們各自整理著不聽話的亂髮，像在等上課鐘響，更像在爬梳紊亂的心事；我不肯主動開口道別，更不願敷衍地說著再聯絡，而實際上我也知道，我不可能再與他有任何聯絡。

這算什麼呢？我反問懦弱的自己，把自己心裡頭的感覺說出來，似乎很困難。我們看著鏡子，或不看，直到有人走進廁所前，他趕緊開口再一次地打破沉默，匆匆說了一句：「那個時候，對不起。」

我以為我聽錯了。

他是班上的風雲人物，行也由他，坐臥也由他，一群人圍著他團團轉，這樣的人居然向我低頭道歉。

經常和其他高中同學相聚，可總是你一言我一句地聊起那些大家都一起經歷過的蠢事，互相驗證著對方的記憶又短缺了多少，自己腦內的高中印象又被時光稀釋了多少。

他哪裡對不起我了？關於細節，一時間我還想不起來。

「以前是我不好，高中的時候一直欺負你。」

「欺負？」

「那次說要脫你衣服的，其實是我。」

「什麼？」

「就是在男廁的時候啊。」

「啊！」他在男廁提起了衣服的事，我彷彿從夢裡醒來。所有的事情我都沒忘，只是放在不常存取的地方，那些被我不斷淡化的日子，都是霸凌的痕跡。只是我當時沒有意會，或者，沒有在暗夜裡告訴自己「我被霸凌了」。

那時候，一群人圍著我，也是在男廁。當頂澆下一桶冷水後，有人湊上來把我制服襯衫的前排釦子都給扯破。好像還有人吐口水吧，依稀記得。我到現在都能聞到那天被一群公鹿與雄狼團團圍住時的氣味。

「藏也藏不住
沉浸你的餘香裡
與其讓你被人偷走
不如親手毀去」

幸好是夏天。他們憑著倚強凌弱的慾望，逞足了兇，嘻笑離去。我站起身來，拍拍衣褲，像現在一樣對著鏡子把頭髮哄得妥貼了，便兩手交叉在胸前，擋著破口的襯衫，小心翼翼地走進教室，坐回位置上。有同學看出端倪，趕緊借來一件黑吊嘎，那件帶著男孩體味的吊嘎我穿了半天，但都躲在教室裡不敢出去。

直到放學的時候，終於被教官逮住，問我為什麼沒穿制服。不知道是因為太丟臉不肯說，還是怕遭到報復而不敢說，我搖搖頭，和教官僵持在操場，直到太陽墜盡了，他才肯放我走；教官明明有看見我早上是穿著制服，規規矩矩進校門的，卻偏要選在這天刁難我。

那天晚上，我在台北車站下車，忽然決定繞路逛逛街，便巡過了熱鬧的地下街，與那些穿衣自由、理髮自由的城市男女並肩；轉一班捷運到西門町，在車廂的窗子上看見黑吊嘎露出腋下烏黑毛髮如虇芽初發，我夾緊著腋下彷彿有人會湧上來剝去這最後一件衣服，惶惶走出六號出口。

快步走上手扶梯，忽視了推銷化妝品與拉皮條、發傳單面紙的陣伍，眺望因為年齡未滿而不能踏足的紅樓酒吧一條街，甚至徘迴在匿於民宅與飯店之間的彩虹會館——傳說中只要往横舖一臥，便能換來千金春宵，好幾夜情的禁忌之地，因為今天不穿制服了，雀躍地像隻剛學飛的鳥，想飛入那深暗的男人窩裡。

我那天沒有進去，我渴望，但卻不知道那裡的人，將怎麼看待赤身裸體的我。有一陣子，我遠避了那些必須脫衣服給很多人看的場所，包括溫泉和游泳池；我不知道踏了半步進去，出不出得來？如果進不去呢？是否又是另一間廁所裡的另一場鬧劇？高中三年竟煉成了一顆被踢落山谷，失去方向的滾石。

「滾動的石頭要去哪裡
滾動的石頭任由山坡
既然要流浪啊
就去一個父母也找不到的地方吧」

誤以為男校就是我的天堂，因而選填了這間離家遙遠必須通勤上下學的男校；青春無厘頭的校園同志喜劇沒有上演，沒有纏綿的愛情戲，更沒有跨越男男禁錮的床戲。每天就是聽著一群冒臭汗的假男人在聊他們對乳房的看法，而我以為風雲人物的他對旁人的事總是漠不關心，我以為他不一樣，我以為他更成熟些。所以我寫了一封長信給他。

信裡沒有說，我有多麼喜歡他，只是問他，最近是不是有喜歡人了？為什麼常常翹課不來學校？那個部落格相簿裡的女生是誰？

如今想來也是挺可怕的，居然把那樣的醋，亂潑在一個與我幾無交集的異男身上。我知道「異男忘」是圈內的絕症，但不曉得這種病會擴散出去。散得全班、隔壁班、樓下學弟樓上學長全都知道。

他說，他忘記告訴自己，要在畢業前找個機會請求我的原諒。

「我後來也有很多朋友跟你一樣，他們人都還不錯。」

「喔。」

跟我一樣是怎樣！

這次換我，一句長長的尾音，讓他不知道該如何接話。他甚至沒有告訴我，往後怎麼聯絡他，低著頭，就走出廁所了。

「喂！」這次換我選擇追出去，喊住他：「你回去，記得要加我臉書。」

「可以嗎？」

「嗯。」我沒繼續說完的話是：以前那些，都是小事了。比起我後來所面臨的出櫃與出軌，那一次在男廁裡的出醜，不過是腳趾頭被小石子磨了一下。

「你這禮拜六，有空嗎？」他看著我，停了一會兒。

「有吧，怎麼了？」

「陪我去『芳』，我還沒去過。」

抓到了！我瞪著他。

他甚至不敢說出那間夜店的全名。

Funky！

他藉著扯破我的衣襟，虛掩了三年的所謂自尊。作為男生，他學人聊籃球、聊改車、聊女人的乳房。他還穿起尖楦深黑還掛著銀色鎖片的加底皮鞋，叩叩叩叩地踩出了自己鋪張出來的幻影，去踐踏比他娘的男人，例如我。我也十足地在電聯車的對面座位上，想像著他踩踏我的那種驕傲樣子。

那天的夕陽從山腳下的竹林，慢慢拉出了一道訕笑的黑影，黑影子漸漸沒入一個完全見不得光的暗處裡，我也悠悠地憶起赤身裸體被羞辱的感覺。

我究竟是怎麼挺過來的連我自己都不曉得，也許就是耳機掛著，一字一音把青春唱完了吧。高校男廁所裡的腥臊，被扭曲成情慾的妄想，而不再只是憂傷。我居然享受著，享受成一種快感。

我說，既然挺過了荒謬的校園生活，就能原諒卑鄙的他。說完，我快他半步離開男廁，確定他遠遠地被我拋在後頭了，我暗自露出了差一秒就會飆下眼淚的那種笑容。

「深愛的你躲得不見人了
當鬼的我來抓
到處都找不到你的身影
當鬼的我
只有哭泣的份」

被抓到了，換人當鬼！但這算是誰抓到了誰呢？

宵夜的形狀

踏進杭州南路那間地下室酒吧，喝不過半小時，就和初認識的人走上一樓。意識清楚地走上樓，通常有幾種情況。

一是單刀直入認定對方就是今晚的床伴，接下來的過程最好能保持清醒地慢慢享受；或者一拍兩散後，從交友軟體刷幾張新臉出來，說不定還有機會中止漫長的空床期。

幾家知名的派對型大夜店都宣布倒閉，原因無他，手機APP可以直接刷出方圓五公里的天菜與鮮肉，隨手就能申請瀏覽私密照片，連脫褲子的功夫都省下了，作為獵場的夜店，哪裡還有存在的價值！

獵人張弓揚鞭，開腿拉筋；獵物在網路上靠著修圖軟體和45°仰角奔竄與躲閃。但誰是獵人，誰又是獵物呢？那些私處照片，刀光劍影的，是劃破尷尬與沉默的利器。喔原來你也有十八啊。是年紀還是尺寸。沒人問，但都曉得，事就這樣成了。仰靠酒精才能催化的疑陣更是不堪再用，早是現約有地不囉嗦的年代，打個炮而已，不再需要那麼多儀式和手續。

可那年那夜的我們，都不是。都不是為著對方的肉軀而認識對方。我們沒有要約炮，卻也不打算就此道過晚安。那時候的我們興沖沖地走出地下室煙塵靄靄的酒吧，就一起去吃宵夜了。提早離開的第三種原因：也許根本不需要酒，也不需要嘈耳的音樂。只是需要人陪。

善導寺對面巷內的地下青春之城，諸善男子，俱會一處。終於，今年也宣告要停業了。永久的，存在我們的記憶裡，卻離開我們的青春。

沒有約好，在那裡遇見了大家。那年第一次認識的大家。我們聊著當年的事情，只是個個都成了白頭宮女。躲在舞池燈下，悠悠吐著煙圈勾人，已經太二十世紀Old Fashion了；曾經引以為傲，獨步全台的同志恰恰，也成了天寶遺事。

四點跳完恰恰走出地面來，聽見幽幽一聲叮響，不是腳踏車鈴鐺，是善導寺的早課繞佛。接力，我們的共同目的地，都叫做極樂。

我們後來都是靠著吃東西在聯絡感情，不是情人卻故意在情人節聖誕節去吃情人套餐，逗對方也騙自己開心。一見面，就給對方大大的擁抱。安慰自己順便溫暖對方。

我們餓，尤其喝完酒，肚子的餓蓋過了情慾上的饑饉。遇上好喝而且對味的酒，剛好對桌乾杯的那個也是對的人，這時候油然升起的餓，若不是一鍋鴛鴦麻辣，少說也得是一碗公的濃鹹泡麵，最好是韓式的，才得以滅卻心頭火。

至少我是這麼認為，對我來說，宵夜是有形狀的。
走進對面的便利商店，其中一位酒友卻只買了一支士力架巧克力當宵夜。
夠嗎？原來士力架也堪做宵夜啊。
平常就吃不多，熱量補給而已。剛跳完一整首孫燕姿綠光的他答。
我看向他的身材，不似地下室那些仙鬼精怪，但也的確是精瘦清癯。後來我都專吃這種菜，男人的肋骨摸起來像慈聖宮前的原汁排骨一樣，一把就能環住的體態，我可以從床頭鏡中看見自己吮著骨髓的那種貪婪，貪得特有情調。
酒吧裡的人都是仙、是精、是妖。不吃不喝把自己的腰圍瘦到二十五吋；或者狂吃狂喝把自己練到手比腿粗。
肉體將靈魂禁錮在有限的竅殼中，但他們卻可以視肉體如無物，捏圓捏扁，皮脂與筋肉骨脈都隨著跑步機上的汗水與奔沸的血液，化成可塑性高的半固半液態。他們居然可以在裡頭狂舞、狂跳，而不覺得餓。酒一杯杯往他們肚裡倒，我很懷疑，失去了食物殘渣作為柔軟的胃墊，能喝多久而不茫？
我們這樣熬過一個個夜，拘謹地輕觸著對方的目光，放肆大嚼手中的食物。後來習慣到紅樓小酌，不再喜歡那種地下室的喧騰。畢竟我們更在意的是吃。杭州南路附近只有二十四小時的吉野家，一肚子啤酒其實不適合牛脂膩人的丼飯。

西門紅樓就好多了，例如廖嬌米粉湯。儘管從來沒人問過那幾個看起來都像是當家的女人們：「你們哪一位是廖嬌。」但吃上一碗豬骨清湯燉透的粗米粉，就是醒腦。還有賣乾意麵的程味珍、虱目魚的阿財，都沒人見過他們的真面目。這些親暱而容易叫出口的店名，是頂著一輪西月將沉，站在馬路邊盼兒歸來的爹媽。不是親爹媽，但那樣殷勤端麵遞湯來給孩子們解酒，還張著一面螢光大招牌如苦海明燈的，至少也能算是個奶爸奶媽。

我的親媽很常跟他們吃醋。有幾個晚上，我和那群老酒友剛喝過幾巡，準備回家，拐到阿財去，吃來不過是一碗無刺虱目魚粥的辰光，未接來電十五通。

好啦好啦，帶碗魚肚粥給妳當早餐吧，會啦，有人會跟我一起搭計程車，妳放心。掛上電話，我還是在阿財店裡坐到酒醒，騎車返家。

只要給親媽捎一碗魚肚粥，她就心安得多。至少知道我昨晚在紅樓浮浪，離家不算太遠。

明明高中放學的時候最常往西門町跑，可是不知道哪裡來的膽怯，或許是不想太快在月亮底下露臉，懼怕這種生人雜處的場域，不小心就被紅樓結界外的人們認出自己的本色。網路申請交友帳號，拍了張上空的裸照，隔天就被班上同學認出來的那種恐懼，一直籠罩著我。直到專為同志尤其是男同志設計的交友網站拓網問世之前，我都不敢出現在現實的同志場所。不知怎地，十八歲這個門檻才剛剛跨越還不到二十四小時，忽然就敢這樣裸身出場，從十七吋的螢幕世界走出來，膽邊升起了俗濫到不行的愛與勇氣與希望，毅然決然在十八歲的第一天，開始正式拓展自己的夜生活。第一天上夜店，第二天就泡進男同志三溫暖。

傍晚就在紅樓附近閒混，面對那些健碩服務生的招呼，我始終不敢秀出剛滿十八的身分證踏入店內。就算太陽西墜，大月亮底下，我也是不敢隨意在街頭露臉，被人看到我混雜於男人堆中，該如何是好？這時候就得感謝杭州南路那間老字號的地下室酒吧，我和酒友們第一次見面的地方。

隔絕了星月，隔絕了夜風，躲避在地下室像剛逃出地面上的一場災難。我們是在患難中相見，遠避了滿城的直男癌。那年，我們都十八，卻又都不像十八。遠不如舞池裡的那些充滿活力的陽光男孩，狂歌勁舞，我們大部分的時間，僅止於默默地依傍著桌邊慢舞，喝著酒。只要孫燕姿蕭亞軒蔡依林的歌聲沒有出來的話，我們都很靜。十八不就是應該在暗夜的深巷中野合嗎？兩匹公狼的長嚎在月夜下猖狂著青春，才是原生風景吧。沒來由的，我們卻希望彼此的日子可以更長遠一些，所以到現在都沒人提出更深一層的交往，永遠就僅止於吃飯。又或者，這當中早就有人互相凹凸過了，只是我蠢而不自覺罷了。

荒唐嗎？不，十八年後，我們還是老樣子，喝酒，喝完就去吃宵夜。關於扶醉後的庚申之宴，我本不欲醒，酒是養命神丹，不眠以換長生。眾家的宵夜評比不一，而且宵夜的形狀隨著酒精波動變換，每個人心目中最完美的那場宵夜，可能都只存在於半醉半夢的虛幻之中。

告別了杭州南路的最後一夜，酒與夢還沒醒，就趕著去拜訪劉媽媽。

才剛坐上板凳，一股驟然垂老的蒼寂感，不禁讓人有點尷尬，亦有些神傷。面對著十多年前那一模一樣的街景，原來已經很久很久，不再出現於那些光影四射，肉香淋漓的獵場了。

全城這麼多宵夜攤，大概只有劉媽媽涼麵算得上是宵夜傳說中的霸主，沒有夜生活的人，就絕對無法認識劉媽媽。好像士林炒羊肉那樣。油光閃閃的夾板木桌上，常常一夜間就湧來眾星雲集，仳臨忠孝東路的優勢，聽說最高紀錄是三金往返，金曲金馬金鐘不同獎項的得主，輪番出現在深夜三點半的涼麵攤，宛如香港電影一樣的夜蒲，蒲得A姊B哥一片片，招呼聲此起彼落；幾次跟風直播勉強擦了邊的通告小模，還有網路聲量剛剛起飛的泳隊鮮肉，蹭在那些恆星旁沾光，過足了明星的癮，走到哪裡都有人給鏡頭。

可原來那也不是恆星，或者，即便是恆星，終有崩毀墜入黑洞的一天。如今處處貼起招租紅條的東區，連通告藝人的二手衣都很少送來這裡賣了。

不起眼的涼麵攤，貼著一張張不同藝人留在牆上跟老闆的簽名合照，一段段神話被鑿刻在石壁上。與廖嬌一樣神秘，鮮少現出真面目的劉媽媽，是見證了上古神話世紀傳奇的祭司，飛天義大利麵條怪物神教的傳道人。

恆星會沉，神話會遠，可是那一盤涼麵，儼然是橫亙在宇宙間的真理。外觀簡陋但昏黃燈光在夐黑深夜顯得倍加溫暖的涼麵攤，午夜一點過後，酒客與夜車司機輪番找劉媽媽報到，補充今日已消耗而明日將消耗的體力；早上六點，擺脫難纏恩客奧客的小姐和大班，也會來找劉媽媽尋求一碗味噌湯的溫暖。九至九的營業時間，數十年如一日，要說有什麼產業在臺灣是永不跌墜的，大概如是。

有一道伏流，淌著劉媽媽的濃郁醬汁、阿財的甘潤湯頭、程味珍的老滷；更甚者小李子的清粥、高家莊的米篩目，啊！逝者如斯夫。我算數著，應該沒人缺席吧？

小柚、小歐、阿龍、英杰、浩浩、阿肯、馬馬……還有誰呢？記不得了，或許真的有人消失了吧。

但願我們的靈魂與胃都能得到平安喜樂。

數字按摩：
側寫男同志按摩師

一號按摩師：

和一般的芳療按摩一樣備有舒適的環境，點上饒有情趣的精油燈；昏暗的燈光佐以溫潤的薰衣草茶等等，在陳設擺飾等外在環境上，男同志按摩師的工作室與一般的芳療師是沒有什麼差別的。

男同志按摩師真正的特別之處，在於他們有各種名目不同的按摩手法，有的化用一般按摩術語例如：會陰按摩、機能調養等等，但在同志圈裡比較露骨一點的直接稱呼為：數字按摩。就是以男性生殖器官為主要挑逗對象的「按摩」手法，近而發生稱為「1069」的性行為。（1和0是男同志的性別取向分法，1是攻方也是供方、而0是守方也是受方。69則是異性戀社會也普遍存在的一種性愛體位，與身份或性取向無關。）這對同志圈而言是露骨，在異性戀圈則是一套密碼。

這是一種潛藏在各城鎮中的變相性交易，包裹上體療芳療的外衣，有設備齊全的芳療場所，甚至有心一點的按摩師也會去考取整體復健的執照；但實際上的交易程序當中，性行為的存在與否，決定了這個交易的特質。無論是用口用手的猥褻等級之不同，或是真槍實彈的性交易，在各種不同經營理念的芳療館及其旗下的按摩師當中，這都是不可否認的事實。

在未建立性交易專區、未實施娼妓除罪化的城市裡，這樣的行業在一般人的眼中是等同於娼妓的，但真正不同的是除了按摩伴隨性交易的按摩師之外，純粹只有芳療整體的按摩師也大有人在，只是數量上的差距懸殊而導致「男同志按摩師」很容易蒙上情色的陰影。

我所認識的一號按摩師就是屬於芳療師。與情色無關，他的服務項目當中並沒有數字按摩或其他可以引人遐思的術語，反之，他除了在工作室備有暖氣和空氣清淨機等設備，就連外出服務也會攜帶小型暖氣。

在他的工作室裡，有整潔的衛浴和營業用的按摩床，即在頭的位置挖空，鋪上一層墊被後，再包覆一張拋棄式的紙製床巾。這樣的設備算是最尋常的，比較知名的大型按摩會所甚至會有水療的器材；當然，規模愈大的地方，其性交易的內容就會愈少乃至沒有，為了規避查緝，外出服務還是性交易的主要模式。

按摩的客人必須全裸，當然這不是硬性的規定，而是男同志按摩除了指壓之外，油壓是很重要的項目。儘管是不販賣肉體的一號按摩師也坦言：「花了一千八來按摩，當然會很希望按摩師可以多碰碰自己。有很多客人也會要求我們脫光。就多少讓他們吃點豆腐這樣而已吧。」手和軀體的直接碰觸，感受在情慾之間遊走的恍惚，甚或對一個表態不接受性交易的按摩師懷抱著越界的妄想等等，這些情色意涵濃厚的按摩型態，都是男同志按摩的要素。男同志按摩的技法裡，傳統推拿整骨是異端般的存在，雖然那在病理上是較指壓油壓更有效果的，但男同志尋找按摩師的用意本來就不單純，可以說是醉翁之意不在酒；只把身體整固了，心裡的那團慾火卻沒有遺出來，同樣花費一千餘元至兩千餘元不等的消費裡，極度不划算。

男同志的社會很少聽聞或看見真正純粹賣身的同志，以金錢和性行為作等價交易的主要還是以包養和按摩師這兩者為主。包養是異性世界也存在的關係，這就不另做討論；而按摩師雖然也是異性戀世界規避法章的手法之一，但在異性戀世界的按摩，僱請的小姐卻不一定有那麼好的力道，可以在發生性行為之前，充分地讓消費者感受到按摩之後的通體舒泰；反之，男同志按摩師的體態大多勻稱結實，有的甚至相當壯碩。在性行為之前的按摩，甚至被一號按摩師戲稱為：「按摩是最有情調的前戲，但是我們這裡只有前戲。」

零號按摩師：

除了使用UT男同志聊天室之外，各大部落格的版面上都有不同的按摩師網誌，但那通常不是按摩師親身經營，即便有也是極為少數的個體戶；大部分的部落格都是由一個應召所長在發落指揮。目前最大的網站連結是由GAYSPA在管理，台北地區可以連結的男同志按摩師總共有九十五家。包括組織與個體戶，而未申請連結的實際數目當然還在這之上，而且網站例常更新都會開啟更多新的連結，顯示有更多人投身這個行業。

零號按摩師就是我經由各個網站不斷連結，從眾多相本挑選中的一位以「身體上油」為號召的按摩師。按摩師的相本通常都不會露臉，以展示鍛練過的精實身材為主；但是也不會隨意露出重要部位，最大的極限大概就是露出一點陰毛為止。而相本的臉之所以被摒除在外的原因是怕身分洩漏，無論是為了閃躲法律上的責任或是深恐被親友發覺等，基本上按摩師的臉是不隨便公開的。

零號按摩師同樣只有身體的照片，吸引我的除了他的身高體重之外，其他按摩師沒有提供的「Body to Body」也是主要因素。前面提過，油壓是不可或缺的挑逗重要手法，一般都是用手塗抹嬰兒油或各式精油，但零號按摩師的店家訴求即是用身體緊貼身體的方式來上油。這不但滿足了尋找男同志按摩師的消費者之基本需求，同時也是拖延時間的方式之一。按摩師的計費是小時計費，而上油的療程如果加入調情的手法，通常可以消耗十到十五分不等的時間，按摩師實際上是不需要出什麼力氣的。

男同志尋找性伴侶是極其容易，卻也極其困難的。容易的多半就是所謂的大眾口味；普世價值對於男同志的形象總是以為他們陰柔、嬌媚，但實際上現代同志圈所認同的卻是陽剛、健壯的另一半與自己。陰柔的被稱呼為「C妹」，即是英文「Sissy」、娘娘腔。走訪男同志的社群交友網站——拓網交友，可以搜尋到許多交友條件上明寫著：「拒C拒胖。」也就是男同志普遍在外表上所認可的首要條件即是陽剛的性格、健壯或精實的體態。

凡是符合這些條件的，則可以進一步在UT聊天室或各個著名的同志聚會場所結識當晚的性伴侶；否則只有尋找男同志按摩師或是等而下之地和條件更差的人，進行性行為。也因此，男同志按摩師除了解決消費者生理上的需求之外，當他們在脫得精光的消費者身上遊走著靈活的手指時，他們也必須考慮到整個程序進行間適度的調情與精神撫慰的效果。

「這其實蠻困難的，因為有些客人對於身體的某部位很重視，不能輕易觸碰；有的卻又要求你不斷重複按摩一個點，其實就是挑逗啦，那些重要部位。」零號按摩師說，他都會先問對方是一還是零，好讓他知道能不能按摩肛門。「你別看，很多人喜歡按摩肛門……就把手指伸進去啊，像平常做愛一樣。」那也只是男同志性交前，為了讓陰莖容易進入肛門的技法，美其名為按摩，其實已經構成指交的性行為了。

六號按摩師：

「我們當然要多問一下，如果你是警察怎麼辦？」六號按摩師在MSN的訊息裡這麼說。

因為外出按摩的情色成分無法輕易抽離，有時候客人和按摩師兩人在私密空間看對眼，打免錢的炮也不是不可能的。除此之外，按摩師最怕警察用釣魚的方式約出來；主打數字按摩的原因也在此，甚至使用了「會陰」這種中醫學理上的字眼，但警察還是有可能在電話或MSN訊息裡套出性交易的關鍵字，然後循線找到芳療工作室。

「之前新聞不就有報，不過那次不是釣魚，是被盯上了。」男同志按摩的工作室被警方跟監，然後當場破獲了性交易的現場。

「但是用問的，警察難道不能假裝嗎？」高等法院曾判決，凡認定行為人具有尋找性交易的意圖，警察的誘捕屬於辦案技巧，所採集的證據依然具備法律效力。因此，警察可以假裝成一般人，誘使按摩師說出性交易的關鍵字，然後依照電腦的IP位址，很容易就可以跟監、現場逮捕。

「沒辦法，被抓就自認倒楣吧。」六號按摩師無奈地說。

男同志的社會裡，性行為是絕對而普遍的存在，男性的性需求本來就高，當兩個男生或多個男生聚集在夜店或聊天室裡的時候，不免多做妄想，進而付諸行動；男同志按摩師的功用，除了一般身體紓壓之外，對於性衝動高漲，卻沒辦法找到性伴侶的同志而言，是一種很方便的解決之道。

「我當然不是說，我們很偉大啦。但哪個……好吧，就說妓女，哪個妓女不偉大呢？」

官秀琴在二〇〇六年投水自殺，身為性工作權利者運動的重要人物，她的言行一再指出無論是一般娼妓養家活口的因素，或是針對無法克制性慾的份子，以及罰娼不罰嫖的條款等等，都是社會整體價值觀逼迫從事性工作的人必須蒙上面罩，不能見人。日日春運動的公娼蒙頭包臉，就如同男同志按摩師的相本不敢見人一樣。而官秀琴以真面目示人，甚至脫下褲子讓媒體拍攝臀部上的瘀青，幾乎成為性工作者的精神支持力量。

男同志按摩師的年齡層大多在十八到三十左右，由於性取向的關係，養家活口不會是最主要的從事因素。男同志按摩師的獲利快，以及按摩師本身的興趣等等，才是最主要的原因。而以按摩為志趣進入這個行業後，卻因為客源的開展需要，進而有情色服務，的確是某些按摩師的心聲。

六號按摩師曾當過中醫診所的推拿師傅，後來因故轉為同志按摩師，加入了一個工作室。白天他偶爾回診所幫忙，但大多時候是在工作室等電話預約；加入情色服務對他來說不是什麼負擔，但與他原本熱衷的推拿穴位已經錯身而過。

「我後來就把自己當妓男看啊。不然怎麼辦？」我沒有針對這部份做更深入的訪問，例如為什麼放棄穩定的診所工作，但隱約可以知道，當他的原生家庭知道了他同志的身分之後，他的生活環境起了變化。

「我現在一個人住啊，有時候也可約在我公寓，不過要熟客才可以。大家都是出來討生活嘛，我想按摩只要不遇到警察，都是好客人。」

九號按摩師：

通常他都是接晚上八點過後的案子，因為在那之前他都要上課。學生兼職的按摩師並不少，因為獲利很快，而且他可以加入一些不主打性行為的工作室，或甚至找大型SPA館來做；在一般人看來，基本的人身安全還是有點保障的。

九號待過大型的SPA館，他把一個禮拜個課壓縮到三天上完，剩下的兩天與六日就在SPA館等客人。通常一天接三個客人已經很多了，因為除了按摩之外還有很多細節要注意，SPA館的要求都比較嚴格，而且他只能在館內或附近待命，不能離開太久或太遠，因此後來他也加入了個人的散戶工作室。

SPA館的消費大約是兩小時三千元上下，較一般的工作室貴了一千多元不等，因為有水療課程，包含去角質以及乳液精油等附加的工法，所以收費較高。SPA館的空間都是一人一包廂的格局，所以男同志按摩當中不可或缺的調情手法依然存在，只是礙於SPA館目標過大，而且都有申請立案，所以在SPA館內「很少」聽說有性交易，如果按摩師和客人太熟稔或是兩情相悅，某種程度的性交如指交口交還是會出現在SPA館的包廂內。

九號就這麼和客人玩過一次，用六九的體位。不過很快就被老闆知道，並提醒了一下；九號一度以為是包廂內裝有攝影機，但後來聽別的按摩師講，才知道在進入包廂的那一刻，老闆如果有注意時間的話，就能大概察覺包廂內的情況。

「所以後來我就跟看中的客人要電話，改天或當天晚上約來打炮；比較快也比較安全。」九號所說的安全，竟不是一般人考慮的人身安全，而僅是躲避被開除與被逮捕的危機，而稱之為安全。

學生兼職的目的不是出自對按摩的興趣，縱使有也在少數，比較多的是看在金錢的份上，以及個人玩樂的性質上。因為需要紓壓的人有可能是他的菜，別人看不上眼的也有可能是他的菜，按過一片曠男之後他也極有可能隨便和一個不是他的菜的人做愛；在性關係開放的觀念下，九號按摩師採取玩樂的角度看待這份工作。

「做愛又有錢可拿，我反而比較討厭按摩的前戲。」我和他說了一號按摩師的「按摩前戲論」，他認為做愛的前戲可以不用那麼長。

成為男同志按摩師的原因，不盡相同，但主要的性交易或挑逗的猥褻行為，都不會被忽視，而成為男同志按摩的特點之一。從事按摩師的人，其性觀念也很多元，不是每個人都因為金錢或因為肉體而在這個行業裡，只是這份工作所帶來的成就，較其他工作更為不同。

九號按摩師按過大他一輪的人，對他來說，他不敢想像自己十二年後的樣貌，但手底下碰觸的就是十二年後的自己。

「我覺得很妙，也讓我更相信做這個是對的。我不要等到那時候才開始花錢找按摩師……因為我相信有一天做愛也會膩的。」

男同志普遍存在的絕望與希望，在按摩師這份職業裡可以看得最透徹。

本次所寫的四位按摩師，先前並不知道我在消費的同時也在進行這份報導，因此在言談上有更多過激的話語，為行文順暢，僅保留其原意，按我的敘述方式鋪陳，並隱去其姓名以及過多的個人資料，以免造成不必要的困擾。讀者可就該職業的存在價值，反思異性戀世界的老殘窮在面對性慾紓解時的管道，正如同男同志圈被厭棄的一群；被異性戀排擠之後又被同志圈排擠，進而尋找男同志按摩師撫慰自己的動機。

甜蝦體位

那天下午，班導哭了。她氣自己怎麼會教出這樣的學生，當然也有驚怕的成分吧，如果被女同學家長知道了，她該如何自處呢？那是道一百個歉也不夠的啊。五個男生圍著一個瘦弱的女生，在教室外的陽台，上演隔衣摸乳的戲碼，還拍成影片企圖上傳。幸好其他同學趕緊跑去導師室告狀，才及時制止這場鬧劇。

國中教室是新建的，每間教室的左側都是走廊，右側都有互不相通的陽台；當時，叫做珊珊的女生被逼入陽台，退無可退之下，五個男生當中，自稱「情聖」的阿仁膽大衝第一，一雙手左搓右揉了幾十秒。

就像平常捏男同學的屁股那樣。

男同學之間當然不僅止於捏捏屁股就能感到滿足的，早先還流行起一種渾名「秤斤」的惡戲，即雙手自他人襠下前後環抱，兩掌交握於會陰處，猛力秤個幾下，還一邊諧擬市場販子的口吻叫賣；實際上，只是隔著褲子去揉摸他人的私密處，把一種不具善意的試探，包裹成遊戲玩耍。

因為被秤的對象都是男生，起先不怎麼古怪，像個簡易型的阿魯巴；但後來，我被秤出了反應，而秤的人卻更樂此不疲繼續震盪雙手，我就這樣被忽上忽下、忽上忽下地揣動著，竟不小心喊出了嬌嗔的聲音。幾個男同學聽見了，不懷好意地看著我，而秤我的那個人更注意到他手裡多了根硬物，他像碰到了什麼從未碰過的不潔之物，赫然鬆開雙手，指著我大喊：「幹他硬了。」

正當我臉紅羞愧，拉著上衣遮掩下體之際，秤斤的惡作劇捲土又來，竟演變成男同學輪流來秤我的運動，他們的手指頭隔著我的制服西裝褲與內褲，即使有兩層防護我依然可以感受到他們在「摳」。

我沒有說不要，因為我喊出「不要」的聲音只會莫名勾起他們繼續作弄我的念頭；但我又不知如何是好，嗚嗚咽咽地只記得發出了許多怪聲怪叫，卻把他們喊成了一頭頭不聽話的獸。就算沒有偷聽過爸媽的燕好，他們也都認得出我發出了謎片才有的聲音，快變完聲的我居然可以原音重現，其實我自己也很訝異；直到有人發來一枝冷箭：「啊他是合唱團的啊！」

每天的「啊啊啊啊啊~咿咿咿咿咿」果真不是白練的。

珊珊跟我一樣，我們都沒有喊不要，所有同學都沒聽到她有對外求救，是幾個熱心的同學看不下去，主動找導師來處理。

那怎麼就沒人想過要救我？

導師雖然怕家長怪罪，但還是通知了雙方家長到校。大人就在會議室處理大人的事情，小孩留在案發現場，幾個人討論這起事件，似乎不必然要存在受不受害的問題：「啊這些男生會去鬧阿芳嗎？那個第一名的阿芳？為什麼總是要鬧珊珊？珊珊也沒有說過討厭他們，他們今天午餐不都還是一起併桌吃的？」

這樣的言論不僅出自兄弟間的義氣相挺，一些看不慣珊珊的女孩們也這麼說。她們揪著自己的百摺裙，正襟危坐地像個處女，她們應該真的都還是處女啦。不過這樣大肆談論這間教室剛剛發生的性侵事件，實在有點冷血。那我也經常被男生弄得發出咿咿歪歪的怪腔調，我也不曾嚴正地拒絕過任何肉體的觸碰行為，我在她們眼底，想必是極度骯髒的婊子吧。

被約談的同學們包括阿仁跟珊珊都回到教室了，他們的家長卻沒有上演新聞上那種火爆對峙拉扯衣領的畫面，像是排演過一樣，專程來到教室外當著所有同學的面前握手言和。

阿仁的臉很臭，是可想而知的。他說他被罰抄十遍悔過書，一個禮拜要交齊，不然再罰十遍。

「那就抄啊，你這樣算很幸運了呢。」聽到的阿仁抱怨，第一名阿芳不免要發表一下她的資優高見：「不然你應該要上感化院才對。」

阿仁沒有理她，就像一開始男生都只會跟珊珊打打鬧鬧一樣，班上有些女生，男生光看她們講話的樣子就知道碰不得。

等到下課的時候，我跑去跟阿仁說：「不然，放學到我家，我幫你寫。」

「好啊。」

他很爽快地答應了，因為往常我都會幫他寫作業，而班導也不曾懷疑過。我確信我可以模仿得出阿仁的筆跡，就算不行，阿仁也會反過來學我學出他的筆跡來罰抄悔過書。

阿仁跟我一起回家的沿途，他並沒有多說什麼。我想是阿芳的話讓他有點警醒了吧，畢竟那是真正的犯罪情節。

「先看電視吧！」一進了家門，阿仁熟門熟路地在我家凌亂的茶几上找到遙控器，把書包丟在沙發上，兀自轉起頻道來。

轉了幾台後，他定睛在鎖碼頻道上。

「喂，老是來我家看這個。」

「靠背啊，來你家不看這個要看什麼？看你唷！只有你家有裝這個啊。」

順著他的語意，我不知道是因為他的嘲謔還是因為全班只有我家有鎖碼頻道的關係，我又感到從耳根子湧起一陣潮紅，直到鼻尖額頂。

「你好歹也拿出你的真跡，讓我幫你抄一抄吧。」

「喔，在這裡。」他隨手從書包裡抽出一張才交給他不過半天就已經皺得像梅菜的悔過書，上面還有四位家長與班導的簽名。我就在女優的呻吟聲與異樣的物體撞擊聲之下動工了。

還沒寫完半張吧，他看膩了，把電視一切，就跟我要了一張白紙，也開始專心悔過。但當他一下筆，從早上累積下來的不平就在心湖震盪起波瀾，往桌上一擲筆，他又打開電視繼續看他的鎖碼台。

「幹，其他四個人都不用寫。」他邊看女優被懸抱在半空搖晃的曼妙身段，抓了一下褲檔，怒罵著班導不公平。

「好啦，十張我都幫你寫。我先去一下廁所。」

等我再出來的時候，我被他的舉動嚇到了。

他拉下西裝褲的拉鍊，掏出了他的寶貝，上下搓弄。他看到我從廁所走出來，就趕緊把它收回褲襠裡，故作鎮定，但還沒來得及拉上拉鍊，我就眼睜睜看著那個激昂怒起的形狀撐得他根本拉不動拉鍊。

這究竟是在我的預料中，還是我的臆想外呢？

珊珊只被他欺負了一半，班導與悔過書當頭澆下的涼水，可沖不盡胸中早已鼓足的色膽，所以我開口約他來家裡，他看在悔過書有人幫忙寫，又可以看鎖碼的份上，一定會答應我的邀約。

他到家裡，看了鎖碼台，就算要遣興，也該是躲到我家廁所去，我頂多是隔著塑鋼門板聽他的騷動，然後揀拾他用過的衛生紙舔舐；這本來是我的安排。可是他當著我的面出火的時候，我卻又異樣地跟著興奮起來。從來沒有計畫被打亂卻還可以令人感到如此開心愉悅。

「你有這麼不爽喔。」我不能裝做沒看到，我就是看得清清楚楚了。

「靠背啦。」

「那我幫你好了。」說罷，我從他兩腿間跪下去，正要拉出他的陰莖時，他伸手來遮擋。

「你幹什麼？」

鎖碼台的女優開始機械式地叫著，一起一伏的速度愈來愈快，來到了最後衝刺的時間了。

「你那麼不爽，我就幫你啊，讓你開心而已，沒什麼。」

「又不是你讓我不爽，你幹嘛啊！」他這時用腳緊緊夾住我，我手不能伸，只剩下頭臉可以埋入他的胯間。而我就這麼做了。

「靠背你不要鬧了！」

「反正你本來就在尻了不是嗎？」

「那是……」他語塞了。而我知道他的確會無言以對。

「我想要你的洗髮乳。」

洗髮乳是班上男同學對精液的戲稱，同時還有西米露、莎莎亞、鹹豆漿、防曬乳、保溼霜等不同的名稱，很不湊巧都是可以送入嘴裡的食物，或是打在頭臉上的髮妝用品；我好幾次幻想著阿仁拿著他那自豪可以雄霸全校的巨根，爬到司令台的旗竿上，然後操弄出幾十來斤的洗髮乳；而我正與女孩兒都站在司令台下行注目禮，伸出雙手不斷接著他的洗髮乳，像在廟裡拿爐裡的香煙往頭上安。

「靠背這樣會得病啦！」阿仁大喊著，從他雙腳的力道，我感覺到他想逃離我家，但是他更怕一鬆腳我就會得逞，所以夾得更緊。我發現我被他夾住的手，還是可以摸到他的腳丫，我摳起他的腳底板，甚至刷弄他的每一個腳趾縫。

他嘴裡喊著得病得病的，我就知道他只是個愛看鎖碼台但健康教育零分的屁孩；看著男男女女，出出入入，根本還分不清楚眼裡究竟是看男優多一點，還是女優多一些。我想，沒有一個男人可以很明確地說出，第一次看謎片的時候，看見了男優的大屌，有沒有油然升起了一股對領導莫名敬愛的情操；或者看見女優無碼的私處後，深覺一陣反胃原來昨晚吃過的奢華豪宴不過如是。

全校都不乏阿仁這樣自詡為「情聖」並且老是把他的陽物掛在嘴邊的人，以及圍著他們的群眾。國中的男學生幾乎都邁入此生唯一一次的色魔時代；我也不例外，但我顯然是唯一一個知道如何操控他們，讓他們承著玩興，卻同時又順應著我的欲望來玩弄我的人。我才是真正的變態，而且還不用寫悔過書。

「你沒得病，我沒得病，我只是吃你的，怎麼可能會得病？」這是我國中就皤然了悟的道理。當然，這樣的道理必須經過好幾次的實驗，才足以信服於人；我在自己快要高潮的時候，抬起雙腳，往頭的方向直伸，砲口對準自己的嘴，我想嚐試的是口爆與顏射，試了幾次之後，卻因為射精後的疲軟與快感的驟然消退，才入口我就吐了出來，根本沒有想要讓那種東西留在臉上半刻的意願。

所以我無師自通的證得了兩個道理：其一，食用健康者的精液並不會得病；其二，口爆顏射這種高難度技巧，必須在自己高潮之前才能獲得快感，我必須找一個人來口爆顏射我，我才會得到像謎片裡演繹得十分誇張的那種欣喜。看看，不健康的健康教育教出了多麼不健康的我，卻還有家長擔心健康教育太露骨。如果學校不早點教，難道都要我們自己這樣摸索嗎？

阿仁是被我鎖定的對象，當我用一隻甜蝦的姿勢屈蜷在床上，滿臉精液卻毫無快感的時候，我想到了好色又常常吹噓自己是巨根的阿仁。

我從很早就知道自己的屬性了，而其他人，像阿仁、珊珊、阿芳以及那些乖乖牌，他們都是甜蝦石斑魚這類水族生物，要到一定的年月以後，足齡了才會轉性，甚至還可以依照環境需求而轉性。轉性前，他們的性慾不是無限擴張到足以侵害人的地步，那就是壓抑得能扼殺所有被認為不節與不潔的衛道份子。轉性後，女校裡的陰氣太盛，就有人會剃個三分頭轉成公的；而像我一樣故意報考男校的，大概都是提前發現自己是母的了。

直到唸完了大學，我在臉書上找到了阿仁的帳號，他已經練成了大隻佬，加的好友都是爆乳妹；他臉上畫滿了鬼畫符嘴裡還叼根菸的醉態被拍了下來，還有他騎著重機比讚的身影等等，都已經無法引起我的興趣了。因為那意味著阿仁發現他自己是男人，而且還是異男。那麼他就不可能再和我像畢業旅行時那樣，趁著所有同學都睡著的時候，兩個人偷偷躲到廁所去擠洗髮乳了。無論胖瘦美醜，現在的他只會找母的幫他擠弄了。

他終於是一尾轉過性的甜蝦了。

男同志神秘學

神祕學一直都存在，因為人類對未知的探索從來都不會停歇，我意料在久遠的將來，實事求是的科學家，可能都要透過膜拜更高科技的文明種族，向他們或者說「祂們」奉上自己的信心、家業、甚至祭獻羔羊、犧牲長子，只為了獲得破解或證實各種科學假說的能力。可能是時間逆流，也可以是空間跳躍，畢竟有愈來愈多的模型，架構出時空穿梭的理論，但還不能直接承認其科學地位，又不能將之歸納為神秘學。

神秘學探討存在以及一切未知的存在，儘管那些其實不必然具有某種外顯形象。佛家說的「質礙」，兩個依循物理法則而存在的物體之間，勢必互相隔絕障礙對方，玻璃杯中裝茶水，茶水卻不能在此時溶進已燒成的玻璃中；手上拿著玻璃杯，杯子無法穿透手而手亦不能穿透玻璃，物質與物質之間相互阻礙對方。而神祕學想討論的，是想像有一種會滲入玻璃毛孔的水，如果玻璃有毛孔的話。

最新的研究指出，杯子的電子與手的電子，在肉眼不可見處產生交互作用，我們以為牢實地握住杯子，實際上杯子和我們的手掌存在著一種無法計算的極細微距離，我們根本沒有拿起任何東西。那麼，利用電子的特性，我們是否能擁有穿透質礙的能力呢？

於是乎，神祕學家想到一個類似的問題。肉體裡面裝的那顆大腦，是否蘊含著一種不會被質礙，超乎物理法則存在的東西，俗稱之為「靈魂」的東西？人死後的靈魂，離開肉體的那一瞬間是否就超越質礙了？但如果靈魂不存在，那麼兩個人擁有類似或者完全一樣的大腦構造，他們的性格、情緒、記憶也會一樣嗎？

這樣聽起來，神祕學還頗科學的吧！只是神祕學必須處理更多心靈層面的問題，虛擬的模組和難解的符號，讓神祕學走向與科學不同向量的實證方式。神祕學也是講求實證精神的，占算的牌面與卦象需要時間應驗；施出去的法術要能收到相符的效果；或者是等價交換後的反作用力，都可以是神祕學的檢證方式。

至於神秘學開始讓同志們特別是男同志信服不已的起源，可能要從國中甚至國小算起。因為代表科學威信的學校教育給不出一個解答或提示，甚至跳過健康教育的章節段落不談，好像校園不會也不該存在性少數議題一樣，對身體對慾望感到困惑的男同志，轉而去接觸神祕學、身心靈、宗教信仰，居然都能找到鳳毛麟角的線索。可以是裝錯靈魂、可以是前生業障，總之要給人一個方向，誤以為閉口不談就不會發生，這是掩耳盜鈴，教育工作者最要不得的顢頇心態。在神秘學裡找到安住的巢窩，在自我探索的迷宮尋找出口，遠比空談科學、泛論性別教育來得有效，其實反過來說，是小同志們的悲劇。我們的學校教育如果沒辦法照顧到所有的學生，哪怕只是最基本的尊重，那我們的教育就算失敗了。

同志學會偷偷施一點小咒語，居然就讓隔壁班的那個男生來向自己搭話了；同學按著書本算的塔羅牌鐵口直斷年底死會，果不其然在聖誕節就跟聊了半年的網友在一起；總是愛欺負人的那群死異男，在我們一群小GAY相約拜過城隍之後就被老師抓去記過罰寫。

傳說是因為鬼差憐憫胡天保生前受侮辱，所以讓他死後變成兔兒神，供男同志們祭拜。就到城隍廟去向鬼差告陰狀吧，不知道是誰想出來的妙招，不出一個禮拜就奏效了。那女同志要拜什麼神呢，有沒有人知道？七娘媽應該不管這個領域，畢竟有的女同志是不化妝的，拜胭脂水粉未免太父權了點。

也就是這樣開始的，男同志或多或少都繼承了中世紀女巫的性格，學習跟第三世界的力量溝通。無怪乎郭美江牧師要把同志燒毀，現在仔細回想，我們還真的是服膺於巫術的權勢啊！

在小歇茶坊還雄霸台灣泡沫紅茶市場的那個年代，每一張桌席都有一顆球盤，投入十元硬幣，按下小小的彈簧拉霸，就會掉出一張十二星座版的籤詩與個人分析。

求籤是很基本的神祕學活動，因為神諭是最可信賴的。但像是蔡康永這種反骨的同志作家就說，把一位星座老師每一天的十二星座小提示全都統計在一起，往往會發現「某星座應該注意的事情」，其實根本就是「十二個星座也就是全人類都應該隨時注意的事情」。例如牡羊要控制脾氣、水瓶不要太孤僻、金牛不要太固執、射手要懂得看場合說話做事、處女則應該學習放人一馬。聽完這總和結果，不禁心想，難道有誰是可以固執地搞孤僻又隨便發脾氣還常常得理不饒人卻活得八面玲瓏人見人愛的嗎？

但璀璨的星辰航路依然讓同志們趨之若鶩，星座老師偶像明星化，研究西洋星相與塔羅牌於是成為一種流行，一種成名的捷徑。唐國師的影片是必定要收看的，其他開山立派出來營業而漸漸成名的，也都大有人在。唐國師橫空出世之前，星星王子、塔羅公主等頭銜就已經頭角崢嶸，但說的內容大多相似，所以星座相關知識愈來愈普及，甚至成為找話題的第一步起手式，啊你是某某座真巧我前男友也是；喔我是某某座我想我們應該可以合得來。

不須唱跳，只要懂吹，把虛玄的故事吹得跟一個銀河系那麼大，仙女送公文，女星跟女星前世都有恩恩怨怨，算命嘴呼蕊蕊，不管多扯，還是可以賺得缽滿盆滿。

說到底，今生有緣認識又在同一個場域工作，互搶戲約，哪個不是上輩子牽牽扯扯下來的恩怨情仇呢！怎麼就沒人說白冰冰跟范冰冰兩人前世有恩怨呢！

星座與塔羅可以算出未來，但如果算出不好的結果，還是需要一種改變命運的法術吧，因此所謂的中世紀西洋魔法、女巫不輕易傳授的密術、靈性彩油鼠尾草；來自印度的瑜珈、阿育吠陀、頌缽曼荼羅；海地的巫毒或非洲的巫醫、通古斯族的薩滿、大不列顛的威伊卡教、希臘眾神大復興，所有可能被挪用來輔助或者導正占卜結果的法術，不分東西文化，全塞進了神祕學身心靈的世界。

我常常嘲訕那位台灣靈學會會長，縱然他與外國的靈學會都是利用光纖而非降靈術來互通訊息知道雙方的存在，但經常在臉書上感嘆賺錢不容易的他，完全沒想過當年他出道開始幫人算命的時候，那個把陳水扁唬得團團轉的詐騙青年黃琪還不知道在哪邊媽媽十塊呢！靈學會長說，那是他個人的選擇，有些事情可以用來賺錢，但有些不行。會長的師父在海地是個很有威望的女巫醫，當年免費傳授了一些法術給會長，會長又豈能違背師命呢。聽說那位女巫醫的好名聲除了法力高強之外，有很大一部分應是出於她的慷慨，那麼靈學會長繼承了她的慷慨，也是可想而知的。

像靈學會長這樣的朋友，後來認識不少。譬如一位在江湖走跳多年的奏職道士，幾次生日酒趴都辦在G-STAR，說是應援一下開GAYBAR的好友，但我也知道，就是他想看看美少年的小腿肚吧，想了個紳士的理由，也做足了紳士的風度，他在酒吧裡總是潔身自好，進退拿捏得宜，也就讓人記得或者想起來，他是正牌道長，來歡場不為求歡，只是與人廣結善緣。

台灣道士是火居在家的身分，通常都是娶妻成家、生兒育女，有些道術甚至標榜父子相傳，不落門外。就算哪天他真的娶了個男妻，也算不得什麼大事情，嚇不倒我的。他對神祕學的理解，已然昇華為神明學，不管什麼宗教信仰，神與佛，都是他禮敬學習的對象。這樣的道長，只是因為他的身分認同或性傾向，而質疑他作為道長的正當性，實在沒有什麼意義。他專心考取道士，不停學習科儀的人，紅塵中帶點世俗情欲，只要不是胡來亂搞，對象單純專一，他依然是可敬的道長。

該被檢討的是另一種人，欺神騙鬼，拿著盜印的五術法本騙吃騙喝，拜到最後不是他拜神佛，變成神佛拜他，他最大，大到是某界某代的仙靈或活佛轉世，對著空氣打一個沒人見過而且下次再打肯定又不一樣的手印，說是把土地公叫上前來問話。大概西遊記看太多了，以為自己是猴齊天。

而這一種人的出現，約莫是三十多年前，台灣流行一種橫越傳統佛道教的民間信仰，全島發動幾百輛的遊覽車，四處拜山拜廟，稱為走靈山。走靈山自成一格為靈山派，以通靈為終極目標，除了轉世之說，還獨創各種自圓其說的儀式，例如拜金母、地母、驪山母、九天玄女、准提佛母的「會五母」，其實就只是一種佛道不分，舉香對拜的嘉年華進香團。

不知道是自我暗示還是虛張聲勢，靈山走得腳勤的人，都可以在廟埕內又唱又跳，又哭又笑，聽他們說這就是本靈來相會，可以治病，還可以濟世救人。顫巍巍地抓起紅墨筆，隨便在金紙上塗抹就可以當成加持過的法寶、解災厄的妙藥。靈山派的原理很像乩童，但乩身是神明欽點，靈山派的靈動訓體卻是誰都可以練成，網路上甚至有父母親帶著學齡前兒童，在滿屋沉香繚繞的環境裡，親子一同展開恍恍惚惚像嗑藥一樣的訓體影片。看得我都不知道要怎麼教小孩了！一些名門大廟不堪其擾，直接在廟口掛免戰牌：「本宮禁止扶乩等干擾香客之行為。」

足見這一靈山派的影響有多麼驚人。

起初，走靈山的人習慣穿盤扣居士服，青紅紫白黃等，個個都像命理師一樣的打扮，甚至胸前也流行掛著各種大小不同、成色各異的玉珮；也不知道是誰開始的，有人說他是九天玄女的弟子，所以當他走靈山的時候，就會執持拂塵，腰配寶劍，身披鳳氅，頭戴金冠。像是跟戲班子借行頭來表演一樣，而實際上，他也會善用一些歌仔戲調，來修潤他通靈的天語。這樣的人漸漸多起來，也從起初的女靈山扮五母、男靈山裝濟公哪吒王爺公的模式，跳脫成男靈山也搶穿鳳冠霞帔，手裡端著笏板，把自己弄成媽祖；而女靈山戴著小肚兜，嘴裡含著乳膠奶嘴，嘻嘻哈哈當起了女哪吒。

性別障礙悄然的在神佛的世界被移轉。觀音本無性別，就算有，也是天人丈夫，俊男之相。普門品應以童男童女身得度者，即現童男童女身而為說法。這樣的妙趣，滿足了不少男同志的變裝癖好，在中南部的各種靈山廟會，其實都可以看到男人穿得像貴妃一樣，學小旦輾步滾步，在鞭炮聲中羅襪生塵，婀娜多嬌的樣子，一臉沉醉幸福。宜蘭就有一位以宮主自居的男子，留了一頭長髮，過百的體重，常常被其他修道人戲稱為公豬。他的道法師承含混不清，或許還有些宗教詐財的嫌疑，人身攻擊實非修道人應所當為，但是他利用對宗教信仰的未知，取信於其他不知不解的一般民眾，無端讓其他有變裝癖好的人蒙受社會的惡意與壓力，這顯然是他應負的社會責任，希望有一天他能想通這件事情，為變裝癖作出好榜樣來。

求神拜佛，是出自人對未知世界的敬畏，只要心正行正，不傷害他人，其實沒什麼不好。至於那種遇到困難會求神拜佛，平素卻把神佛當玩具公仔；把灌頂當印花集點；把經書儀軌當奇幻小說的魔法書；把手印咒語當成動漫或布袋戲的集氣發功，拜請供奉菅原道真、普巴金剛、甚至九雷天尊這種召雷呼電的神佛，就為了把情敵小人全劈死的中二行為，不斷出現在你我身邊的電波少男，就放生他們吧。

他們連自己的現實生活都處理不好，才誤以為可以躲進神祕學的世界。孰不知，神秘學的法則，其實與我們真實的宇宙息息相關。

無論怎麼逃，他都躲不掉的。

違憲紀念日　192

193　心情三溫暖

心情三溫暖

黑影中一隻手伸過來，往我鬆弛的肚皮上一掐。掐完，他的手離去，擺一擺，像上街買菜一樣，摸到過多的油花，恨不得拿條抹布多擦兩下。

這是男同志三溫暖每天都在上演的戲碼，秤斤論兩，討價還價，圖的是一場雖非完美但足令回味的貪歡時刻。在這幽黑的空間裡，本就沒打算長相廝守，惟多一寸肥皮或少一分肌理，抱起來的手感不同，總得挑挑。肉體赤條條在幽暗的小房間內外遊蕩徘迴，勾人，也等人勾，影影綽綽總以為有鬼魂縛在此處。來往的客人大多身材普通，但不乏練得精壯的人，大概潮流如是吧，十多年前，至少都還是紙片花美男的天下，直到瀧澤秀明都已轉作幕後製作人，我輩恰如商女感嘆國之興亡，除了後庭花也無花可唱。

來玩耍的人，脫得也還算乾脆，但最低限度總是要套著一條光鮮亮麗趴場風格的內褲。我不懂，來到這種地方，就算內褲再好看、再性感，隱藏著早就應該坦然見客的武器，是怕自己褲底家私不夠威猛嗎？就算藏得再好，臨陣提槍卻槍術不純、槍頭失準、或者槍管本身有點故障瑕疵短缺，還不是得讓人大喊：天亡我乎非戰之罪？上街遊行的時候恨不得扒個精光，讓全世界的人看見自己的陰囊內側；可是走進這個真的需要把屁眼都翻開來幹的場域，竟然還有一條內褲！

如果不是因為租了一個閉關房在大稻埕附近，我還真的無法如此深入體驗圈內的三溫暖文化。鎮日就在關房內寫作和打坐，本來房東附的一張雙人床，也被我撤下床墊，改在床架板上供了滿壇佛像，法器儀軌與法本經典一一陳列，自己就墊了簡鋪在地板睡著。佛有一戒曰：不睡高廣大床，我想我是滿願了。

後來的日子駕輕就熟，多了些時間出來，這才開始上台北圓環邊的男同志三溫暖，不為尋芳，只為跑步健身，練腿瘦肚子，替將來要去日本遍路巡禮作準備，也為愈來愈短少的光陰歲月，多儲存一些體能。

在這之前，佛菩薩都可以見證，我只去過一次男同志三溫暖。那時也剛出道沒多久，去的是那間現在更名為光馬三溫暖的彩虹會館。櫃檯的人員端詳了我的身分證，笑說，才剛滿兩天耶！對啊，但你知道嗎，為了這兩天，我可是足足忍了十八年！你是知道的，我們都是。

想也知道我是第一次來，所以店員費心地用帶小弟弟的方式，為我介紹館內設施。誰都曾是別人眼中的小弟弟，曾幾何時，我的封號都已經是姐字輩了。從前沒有現在這麼不知羞，只得用極為緩慢的速度，躲著店員和來往客人的目光，幾乎是電影慢動作的運鏡方式，站在附鎖鐵櫃前，一件件從最外層的高中藍色制服開始脫，脫到剩下內褲的時候，我看大家都還穿著一條內褲，也就隨眾了。也就是又匆匆十多年過去，男同志三溫暖裡，人們還是穿著一條該死的花內褲。

十多年前那幾場簡單而迅速的性愛結束後，我就再也沒有涉足過同志三溫暖了。好像出國總得要吃點血腸、藍起司、醃鯡魚罐頭，淺淺嘗鮮即止，沉淪倒是不必。也是那次之後，我才理解到，男同志也是有羞恥心的，特別是當男同志聚集在最不需要羞恥心的地方的時候。

我應該是頻繁往返日本之後，才漸漸對身體的露出感到自在。雖然我的旅程幾乎都集中在京都，但只要有閒暇，尋一間大眾澡堂泡上一泡，見學日本人的洗浴風範，也為旅途的疲困帶來療癒，漸漸成為我每回上洛最期待的行程之一。頭一遭初體驗是在大阪新橋附近某旅館的大澡堂，旅館住了很多長居的客人，他們把旅館直接當住家，聽說可以省下不少房租水電。洗澡的時候，往來的住客都頗有話聊，整間大澡堂嗡嗡地都是關西腔，熱鬧程度不輸街上馬路。大澡堂兼具了公園或里民活動中心的機能，只是大家全脫光了，好像也就聊得自在許多。內褲毛巾都是多餘身外之物，大澡堂泡著關西人的闊達與凝鍊，漂成水面湯之華。

衣服脫了就穿不回去了，往後的澡堂也好、泳池也罷，走到海水浴場更是光明正大，我無處無礙地隨意脫褲，脫到父母生我本來面目。到底是誰又是哪個環節，讓我們如此仇惡自己的身體，懼怕身體的袒裸，失去無染的童心，變成一個目光猥瑣的大人呢？

我不解地在跑步機上隨著高高低低的體脂不斷輪迴，汗水汪成一片苦海，看著鏡子裡宛如羅馬時代壁畫上的馬拉松選手，光溜溜地跑著單調的步伐，竟也讓我跑出了點成果來。肚子消了，腰腿精了，最要緊的是，羞恥心也跟著瘦了，現在一進三溫暖，像十多年前那樣站在鐵櫃前，我刷刷刷就把衣服全都扒光，對旁人的側目根本不屑一顧。

這是我們的權力，也是權利。終於有一天能自主自己的身體了，卻為何還要用那幾片布去禁錮他？我自生來不蔽體，摘下雲霓作僧衣。看那些年紀與我相當卻還端著一條白毛巾東遮西藏的，我脫得自在如意，跑得任真自得。也是這樣的轉變，讓我對於那些肉體纏綿，愈來愈感到乏味。

男同志三溫暖的終極目的，既非洗浴，更非減肥，舒爽無痛地打上一砲，是所有人的共識，但實際看過了那麼多現場直擊，不免還是對眾人的保守難搞，感到莫名火大。不是說好性解放的嗎，哪來這麼多公主王子病作祟呢？曾經看過一個男的，跪在地上好賣力地幫兩個人吹，左右手和嘴巴都不得閒，我遠遠望去，他們三個人的水準資質應該是相當的，結果下一秒吹人的站了起來，摸摸另外兩位享受了至少十餘分鐘的男人的手，暗示他們投桃報李一下，想不到這兩人就揮揮手，退後幾步，那樣子像是在說，不，我們不幫吹。

或者是比較誇張的髮型糾察隊。兩個人在暗房正交纏得火熱，主攻方忽然伸手摸了受方的頭，像是在檢查他的頭髮，摸了幾下，主攻方好像慾火全消一樣，整個人退場離去，遺下不知發生何事的受方，待他百般困惑走出暗房的那一刻，我便從暗房門口的燈光看見他那頭可能及肩的長髮，綁在頭上梳成一頂小髻。是的，男同志圈其實施行髮禁很久了，以目前的情勢來看，板寸頭才是唯一合憲的髮型，其他都會被判單身監禁。

我自己去三溫暖都是以運動為主，基本上不會有什麼搭訕或豔遇，只是某次在洗澡的時候，跟一個馬來西亞華人聊了開來。他說，他護照已經失效了，躲在三溫暖，過一天算一天，也不太打算回去的樣子。考量到前陣子馬來西亞對同志的公開處刑，我能理解他的心情。

也是一時的寂寞難耐吧，我們其實並不是對方的菜，但聊著聊著就在蓮蓬頭下濕濕地熱吻起來，純愛電影那樣。男同志大概是這樣子，一但親起來，就沒有停下去的開關按鈕。自己約的砲，跪著也要打完。既是甘願做歡喜受的一群淫浪之徒，其實更是怕打壞自已的口碑名聲。花名在外這四個字絕對是讚美，如果能傳到馬來西亞人盡皆知，也是種榮耀。

基於這樣的寂寞與虛榮交錯，我們算是扎實地弄了一整晚，直到天明。

過了一周，他還沒被人通報，孤獨地在電視區吃泡麵，看我跑完步正準備洗澡，冷不防地跟了上來。我斷斷續續地跟他聊，他順手幫我刷了背，刷到一半，那聲音裡媚感十足地問，要不要去樓下休息一下？意思是想再續前緣吧，但那天晚上我還有約會，只得委婉拒絕。卻不想這一拒絕，竟讓他記仇記到離開台灣那天，往後推整整三個月的時間，我見他想跟他打招呼，他理都不睬。三個月後他離開了，沒人知道是被通報離開還是回去馬來西亞，或者流浪到另一個國度，而我惦記著他那樣不懂逢場作戲的單純，不能理解萍水相逢的緣會本就是人生實態，他只願像個討不到玩具從此恨你一輩子的娃兒。對啦，也就是現在常常提到的巨嬰，他的確可以歸類在那群不成熟的大人們之中。

但我多少，還是為著自己的狡獪與老練，感到有點失落。肉體上我追求反璞歸真，但心靈上，早在不知不覺中，我已學會了如何不再當個小孩。

卷三

出清，不只出櫃

船暈在上海

下榻的飯店在上海火車站步行五分鐘的地方，小阿姨帶著外祖父母的合照，趕在外祖母最後要離開我們的這四十九天，召請她一遊上海蘇杭的水鄉澤江。第一站就去闖蘇州獅子林，到觀前街吃了兩隻大閘蟹和一缸農家老母雞湯；俗濫地在平江路搭了小船，觀光客般地到處遊河。

平江路傍水而行，小碼頭邊在喊人排隊上船，我跟小阿姨排到的船，恰是一個大娘撐的。行船不久，大娘唱起了剛學會的蘇州民謠，大娘說她是北方人，到這裡來討個日子。那蘇州話跟蘇州民謠聽起來有點硬，但還是要給幾個錢的，多少不拘。小阿姨明明不是蘇州老鄉卻也聽得淚眼汪汪，手裡拿著外祖父母的合照，讓他們跟著聽，興許是船家大娘那熱辣辣的北方嗓子讓她想起了山東的老娘親，好容易就掏了一張五十塊人民幣給船家大娘。

走回岸上，換我想聽個崑曲了，誰知那間小茶館又是高衩旗裝女服務生，又是一片厚門簾擋著，女服務生在一旁阻街拉客，說得倒是些有禮的話：「來聽聽曲啊，喝碗茶，歇個腿吧。價目表在這呢。」看是明碼實價不偷不騙，轉身我就要上樓了，偏偏小阿姨就死盯著那女服務生高衩開出來的腿，裹了一層細滑絲襪的腿，好像有很多故事藏在裡面。就跟厚門簾擋著的店家一樣，虛實莫辨。

走吧，小阿姨催促，拉著我掉頭往前快步離開。耳邊廂還響著樓上飄來一支〈萬年歡〉，是唱驚夢吧！《牡丹亭》的警句在此，想聽戲的興頭卻開了一地失落的奼紫嫣紅，都付與斷井頹垣，奈何小阿姨直直奔走在前。

躲了一段路，小阿姨才說，她怕那是做黑的。若真有什麼做黑的是用崑曲當幌子，那這個國家大概是有救的了。我笑她，哪有做黑的會在觀光客這麼多的地方，看著我們明明一男一女走在一塊兒，還會出聲招呼的呢！會想到用崑曲來拉客，莫不是小阿姨在小船上哭暈了吧！

不過也怪不得她，一路上我們聽了不少叫賣的拉客的，羅了一車的人說好只去看古城門，結果連騙帶拐地就要送去珍珠絲綢博物館購物；也有賣水果喊著不甜不要錢，但誰都知道那些水果漬過糖水，不可能不甜，死甜！吃了幾次悶虧，小阿姨謹慎得有理。回到閘北的飯店，我念叨著上一回來上海未能在田子坊一醉，決定自行前往尋歡，兩人在飯店大廳別過，我目送她搭電梯上樓，這才展開了我的夜上海生活。

走出飯店大廳，穿過中庭，草叢邊一個穿著土黃色獵裝的矮小男人，拿著他的手機，對兩個歐洲男子比劃了一下，螢幕在他們白皙的臉前亮著不尋常的藍光，那兩個男子仔細地看了一下螢幕後，搖搖頭離去。大概就是那種事情吧，我往前走，沒有要搭理那個矮小男人的意思，但卻還是不經意地瞄了他一眼。

「找按摩嗎？看要那種都有喔。」他老練地說著，嘴裡吐了一口煙。煙雲在閘北空曠的夜空中飄散，月色有點淒迷。這是幾個三十年後的上海月亮，又大又圓，我聽著那男人的聲音一直在背後，不知道是對我，還是對新的過路客說，他反覆說著，找按摩嗎，找按摩嗎。我得給自己找一顆牆上的蚊子血、嘴邊的飯米粒，我要在上海留一點懸念。找按摩嗎。我想，能與上海男子的親密接觸，只有這個機會了吧。我往前走了不超過三步，這不是要去田子坊尋歡的嗎？如果可以用錢買到一點快樂，省去那些千方百計用來隱藏獸性的衣服，大家裸裎相見，速戰速決地把飢渴止住，不也挺好！於是我轉過身來，叫住那個正準備躲回草叢裡的矮小男子。昨晚扛著行李箱要入住的時候就注意到他了，看樣子是每個晚上都在這裡站崗，委身於花叢間的隱喻，他是夜晚的蜂蝶，或者吸引蜂蝶的蜜。叫賣拉客，原來也是有他的道理在的。

「有……有男師嗎？」我的那聲有，先是喊住了他，但後面的話卻直往嗓子眼裡吞，只敢用一種比霧露散去還輕軟的音量，膽怯地問出我的慾望。

「啥？」

他沒聽懂。不過我比他早了一拍意會過來，他用的詞兒跟我不太一樣。他可能聽成男屄了。

「男師傅，要帥的。」我註解道。

他一聽就笑開了眉。他懂。那糾結的表情雖然只有一下子，但在我還未萌生退意之前，他就報以無猜的微笑猛點頭。你什麼角色，我是說，你是一號還是零號啊，唉唷，大家都同志嘛，好你等等。他撥了電話，又躲回草叢間。唏唏噝噝，他的腳邊與嘴邊密密麻麻地揉出了許多雜音。宛如藏了一條地道或是走獸的巢窠，他以草叢當作圓心，像顆衛星一樣不願輕易離開。我這時候才稍稍寬慰，因為相較於我的身分不見容於這個封閉的國家，他那雙重尷尬的處境應該比我更危險；也是這個封閉的國家，城管是他的天敵，異性戀男子也可以壓榨他的呼吸，所以他才需要用草叢、用土色獵裝的障眼法來遮蔽自己。他只敢在夜裡出沒，這個年代他居然不用網路，而是土法煉鋼在路邊拉客，我忽然有了一顆斗大的色膽，深深覺得他想賺我這幾個錢，也是偷雞摸狗地不敢聲張，斷不會搞我什麼。

這畢竟不是我的國家，會不會在性服務不成文暗地交易的世界中，同性的需求會被額外超收費用？通報給國家，抓走或課稅？這些顧忌原也是有的，可在他的爽朗回應之下，我就淡然了。我只是捨不得走一趟北京忘記吃驢肉火燒；忍不住兜了圈上海卻沒開一桌本幫菜；更禁不起去首爾沒烤到肉，去日本沒捏到壽司那樣的遺憾，所以決定在上海約一次男按摩師。

可我忘了，忘了我對他而言是個外國人。我跟著他上計程車，司機開往他口中的按摩店，一路向著南京東路去；街景愈來愈繁華璀璨，我還樂著自己是個胡天胡地的人。手機地圖打開，畢竟也是和田子坊同一個方向，盤算著說不定按完還是可以去田子坊兜一兜。可我真的忘了，就是我這個外國人的身分，沒本錢跟他玩這麼大。

之所以會這麼健忘，大概是因為我在北京約過北京男孩。

那時候也是跟別人一間房，同行的是夏潮聯合會的學生，我撿了個吃宵夜的藉口，獨自在前門大街上遊蕩。店家都已歇息泰半，只剩零星的烤魚店、餃子館、辣炒小龍蝦和烤串的攤子還亮著油黃黃的燈泡，酒客們嘶喊著咕溜溜不慢下來就聽不懂的北京話，那情景跟台灣的麵攤、海產熱炒、藥燉土虱沒兩樣。這個時間還在天安門地安門外飄著的，原來不是歷史的幽魂，都是血性的爺們兒。

沒什麼食慾，心裡頭想著的事情，跟後來到上海想的如出一轍，為了能約到北京男孩，給手機下載了微信。第一次使用微信就是搞這個事情，否則百般不願向中國的任何軟體硬體屈服；現在不屈也不行了，同志交友軟體GRINDR的最大股東是中資，不靠著中資的軟體，我就休想約到漢子的硬體。

甜水園街，水碓子北里九號樓。我永遠記得北京男孩的住所，他跟我約在對面的京克隆超市碰頭。超市鐵捲門拉下緊閉，趕著進貨的卡車卻正忙碌不休，後棟的卸貨區出入口發出這夜街上唯一的白光，裡頭是偌大的倉庫。我可以看見那些熄燈的招牌，都是些連鎖店公規公版的樣子，有吃食、飲料、藥妝、診所。這裡白天是個重要的商圈啊。我略帶讚嘆地對北京男孩說。是啊，對了，你是怎麼來的？喔，我打D。那我待會少算你五十塊吧。

也就不枉我還在計程車上跟司機撒謊，說我出來跑個步，沒體力回家了只好跟他打車。那時候我可機警得，怕被司機給載去宰了。司機問起我住哪，把那段已經默唸過一百次的甜水園街水碓子北里九號樓，順順地用咕溜溜的北京話還他。但司機還是問了，你哪裡人。糟，被認出來了，這口音沒待個三年五載想是練不成的；也是我聰明伶俐，改口說我福建人。也是同國的，跟你拿一樣的ＩＤ卡，你總不會想害我吧！

北京男孩說我多慮了，北京算安全了。我不信，至少在我上海暈船之前，我不信北京能有多安全。北京男孩住的那棟樓，陰森至極完全就是犯罪的聚集聖地。明明是那麼繁華的商圈旁，北京男孩住的大樓卻是一棟正門還沒完工，四周環繞著水泥剛剛脫模的牆柱，地上積滿了灰塵屋角塞滿了蛛網，這個沒完工的狀態看來已經陪伴居民好一陣子了。電梯內的塑膠封套都沒拆，也是卡了一層厚灰，北京男孩按了七樓，七樓一到，開門只見一條兩人剛好可以擦肩而過的窄道，跟電梯的門差不多寬而已。

北京男孩在前頭帶路，我卻像在玩遊樂園的恐怖屋一樣，左手一排是對外窗，但看上去就破了兩三扇，用紙箱勉強封堵起來。不知道會不會有手從外頭伸進來。北京的八月，燜到爆汗，破窗還可以聊為通風之功；一月飄雪的時候，這樣蓬戶甕牖要怎麼住人。右手一排則是住戶，每扇門旁邊都有一扇窗，窗子埋在鐵欄杆裡，大多數的人家都是用毛玻璃，但也有幾扇破的，我透過破洞看進去，裡頭根本沒住人，堆了許多垃圾和散落的鋼條瓦片。有幾間的房門是敞的，看似誰都可以窩進去，而且彷彿現在就有人蜷曲在黑影裡頭。我險些要伸手把那些門都閉上，強迫症發作。

至於那幾扇好的窗戶裡，閃爍著電視的藍光，但裡頭的人沒開燈，就任著藍光這樣閃。是熱衷看電視，還是看到一半睡著了？

或者死掉了？

那些沒住人的，是沒租出去，還是死過人了？我開始抬頭注意屋樑，就怕碰到垂落的繩結。

到了。北京男孩說。他開門，熟練地問我是什麼角色，要不要先洗澡。

「零號，我出來的時候洗過了。」

那好，我們開始吧。他請我趴在床尾，腳朝床頭。我也不囉嗦就扒光了衣服，反正這八月天也夠熱了。他脫到剩下內褲，就跟每個走這途的按摩師一樣，留著內褲是給客人的驚喜，與互動。但這時候他卻做了一個讓我整晚都有點不悅的事情，那就是他把電視給打開了。這不打緊，他還轉到一台男主角帶著醜陋粗爛猴毛頭套，扮起了莫名其妙齊天大聖的戲劇台。躺在床尾我完全可以把整部戲看得清清楚楚，可以轉到戲曲台嗎我差點又要問，但就任著他一邊看電視，一邊幫我按壓穴位，然後一邊挑逗著我的下盤與跨間。唐三藏對徒兒說善哉善哉的時候，我叫出了聲音，因為他用指尖在我的陰囊輕探，還吹了兩口冷冰冰的氣。而我的金箍棒就不爭氣地變長了。

後來他不識趣的解決了我的需求，但他沒有出來，因為後面還有客人。他得保持著不要誤觸了每個男人都內建的聖人模式，否則他一晚上的買賣就黃了。我加一百人民幣想讓他出來，他都不肯。因為憋著他還可以再賺好幾個一百，甚至接待最後一個睡前的客人，凹客人出個兩百來買他的出來，也是頗有成功率的。這都他親口說的，他不把我當外人，所以才這麼白目地一邊做我的生意，卻又一邊看著不知道是翻拍了第幾代的西遊記。

於是我就忘記了，我終究不是福建，也不是北京，更遑論是上海的人。我跟著土黃色獵裝矮小男人下車，他送我到一棟大樓前，轉身就要走。沒關係你就上去吧，上頭有人招呼你。門口一個落地的霓虹招牌用英文寫著 Massage Bar，旁邊是一條窄樓梯，就是一個說不出來的怪，但我忘了要記得這種怪，順著一排閃爍的聖誕燈，紅綠藍橘白，拾階而上。

我竟然不知道要跑，後來想起這事，包括現在，都會不斷咒罵自己。吧檯前面站了一色女人，全藍、全橘、全綠、全紅、全紫的各種訂製洋裝，配上假水鑽與真翡翠互相掩映的光輝，她們都蹬著高鞋，一見到我，就笑盈盈擁了上來，七手八腳地果真是唐僧入了盤絲洞，手長腳長的女子會吃人。

後臺閃出了一個光頭大漢，他說：「來，我們後面請。」想是剛才跟矮小男人通過話了，知道我不沾這些庸脂俗粉。那樣的陣仗就是台北市五木女子大學的派頭，這樣的店我是玩不起的，可是光頭大漢硬是拉著我帶路，然後開始聊起了我要消費的模式。這下真走不了了，他帶我去的房間在最裡間。

找男師傅按摩嘛，我懂，我給你安排了一個，看喜不喜歡。來，這裡先坐著等。他打開最裡間的那間房，房裡就一張矮茶几，半張沙發，一台靜音的液晶電視播放著西洋歌曲演唱會我看見魔力紅，室內流出來的音樂卻都是中國流行歌，不斷聽到中國話的電子舞曲。

床呢？按摩最需要的床呢？我還是沒走，但我這次是想走卻沒得走。屁股都沒坐熱，那個什麼男師，就一個剃了三分頭，半手刺青，掛著金鍊子的上海人，一身俐落的白衣白褲白皮鞋，走進來的時候端著一個托盤，上面有水果、汽水、礦泉水，和一支皇家禮炮跟一支百富威士忌。

他把托盤往茶几上一擱，伸出一隻手，摟著我。時不時湊近著臉跟我說話，逼人的體溫往我臉上噴壓，我認為他喝了點酒，微醺的氛圍也傳染給我。我問他上海人是不是都習慣在沙發上按摩，他沒有直接回答，開始自顧聊著他去墾丁的風流事，說他多喜歡去台灣玩。他沒打算脫衣，也不想脫我衣，我倆就在奇怪的音樂配上奇怪的MV，這麼乾聊了二十幾分鐘。在我驚覺之前，飄忽的對話讓我有點暈船，好像不按摩就這麼摟著，也可以滿足我了。不就是要找個上海男孩嘛！那個男師緊緊的抱了我一下，然後說，差不多了。終於要開始了嗎？原來上海男孩的醞釀這麼講究。

誰料他一剛說完，好像門外有人在接應偷聽一樣，那光頭大漢閃身進來，男師立馬起身，把位子讓給了光頭大漢。

「來，你在我們這邊消費了五瓶可樂、兩瓶水、一個水果盤。」

「等等，那些我都沒用，而且我是來按摩的。」

「沒事兒沒事兒，就先跟你把這邊算一下，待會要按再按，你也可以慢慢用。來，還有一支皇家禮炮二十一年，一支百富，你看一下，這都新開的啊，給你開的。來，帳單你收著。」

我接過那帳單一瞧，十五萬人民幣啊。

這不是剝皮，我覺得連骨頭都被啃盡，髓湯也不剩半滴。

我想念北京男孩的敷衍，還有難看的西遊記。我只能向那光頭大漢下跪，然後掏出我所有的錢，人民幣五百塊，表明我是真的不曉得上海是這麼玩的。

「耶，你幹什麼，快起來。」那聲音是兇惡的，顯然不是疼惜我的膝蓋。我忽然想到啊中國人是很忌諱別人跪他的。我居然用錯日本人的土下座向中國人道歉，更惱怒了他：「沒錢，沒錢你還學人家出來混！」

不對吧，大哥。我當時心裡頭有一百句幹話跟台語髒話，但都忍下來了。我可是有本錢一次玩上六個男師都不成問題的，是你他親娘的根本不是開來讓人玩，是開來坑爹的。

「搜。」光頭大漢執意要從我身上摳錢，讓那男師壓著我開始東摸摸西摸摸，有那麼一下子，我居然忘記了要感到害怕，男師游移的手還故意在我屁股上打轉。但我身上帶的錢就是差不多剛剛好，所以約一個男師傅的五百塊人民幣，一毛不多打算就當施捨給他買藥吃。至於那獅子大開口的十五萬，鬼才要給他。

心裡頭轉得快，我腦中還不斷默誦著飯店的電話，如果待會被打到進醫院，我得請飯店的人通知我小阿姨。啊我怎麼會讓小阿姨得在上海的感念親恩之旅碰上陪掛急診這種鳥事呢？我要怎麼說我被打的經過？在田子坊被喝醉鬧事的人打！我只有這個藉口可以用了。

「肏她媽的。滾吧，留一百給你打車。下次別再亂闖了。」光頭大漢把我打發了走，還不忘教我些什麼。我走過吧檯的時候，佳麗們都還在。她們肯定聽到剛才發生的事情了。我也彷彿能聽見她們的聲音。這個奶娃兒也太自不量力了，來我們這裡撒野。又一個色慾薰心的棒槌，二愣子。這些聲音一直在我下樓梯的時候，一個個不斷砸在我的背影上。

逃出來的時候，南京東路還有幾間店開著，我往人潮多的地方走去，深怕被尾隨毒打一頓。或者被跟到飯店裡，綁架我跟小阿姨。我的腦內劇場一直在放映各種午夜場的B級片，只恨自己太小看上海人賺錢的本事了。都說上海是銷金窟，不夜城，這可算是深切地體會到了。

驚魂未甫地打車回飯店，卻看見那個該死的矮小男人還躲在草叢間拉客人。他糾纏著一個美國男子，那個美國男子好像是有點消費意願吧，但價錢跟對象似乎談不攏，兩個人正在僵持。

我走到他的面前，賞了那矮小男子一記耳光。然後對美國男子用英文說，他是騙子，會騙走你很多錢。他卻只是摸著熱燙的臉頰，閃進草叢後方，我看著他離開，我以為他會抄傢伙出來，渾身緊繃著。但他沒有，他就是這樣默默的躲回那彷彿真的有洞穴的草叢中，消失不見。

打完他，我就後悔了。他為何要替異性戀做這種坑殺同志的事情，我不認識他，又有什麼立場打他。為他藏在多層多面夾縫中的驚恐，我撫著打完他紅熱熱的右手掌心，深深地感到抱歉。

極樂大阪

電梯公寓的五樓某室前，按響聲調平穩的門鈴，開門迎接我的是一位滿頭金短髮，膚色小麥而更顯精實的浪花少年，正港關西人，開口閉口都有關西腔熱情的彈舌音，拉丁民族一樣。少年的服務十分周到，端茶水脫外套，好像我娶了他，把他藏在這小小的家。今年二月竟飄起鵝毛雪的大阪，少年的體貼堪比室內的暖氣，足以抵禦窗外懾人的極端氣候。道頓堀果真是「溫暖又溫柔的繁華街道」。

我卻也是第一次知道，我習慣的某種玩法，儘管在台灣已經如願玩過許多次了，但在日本還是有點禁忌的。除了事前與業者溝通，提出加碼的要求之外，最後還得要看浪花少年本身的意願，才有可能提供該服務。

日本人把 Scat 翻成他們的和式日文：スカトロ，指的是吃屎喝尿或以玩弄排泄物為樂的一種性遊戲。浪花少年正在跟他的公司通電話，說客人想要玩スカトロ，不知道該怎麼辦。看他慌得，我告訴他，我可以私下給他一點小費，也不是多變態的要求，很單純地我就是想喝他的尿而已，他完全可以當作只是上普通的廁所一樣，只是小便斗剛好是我的嘴。但他誠實，說什麼都要先跟公司報備，保護他也保護我自己，就任他去講電話，講電話的時間當然是不計費的。

關於スカトロ，我一直都把它看作是一種性遊戲，而不能算是性癖，因為一般

來說，上廁所這件事情並無法讓我感到高潮；看別人上廁所甚至會讓我倒胃口；如果是沒有性也不談愛的前提下，我壓根不會想到吃屎喝尿這種遊戲。唯有在床頭床尾纏綿相鬥之餘，看對象素質不錯，幾乎就是完美天菜了，偶爾才會讓我興起一種「不如就喝一下你的尿吧」的這種念頭與要求。完事之後，一如平常那樣漱口清洗，其實也沒喝到多少，大多是淋在身上。一種被征服的快感，剛好吞精嚥口水都已然無法滿足性欲，變本加厲成スカトロ的遊戲，僅此而已。

就好像接吻，和一個看上眼的對象交換口水、交換舌苔上的細菌、交換牙縫裡的菜渣，很少會讓人覺得奇怪；也不過是食物和液體經過了消化與泌尿系統，被轉化成另一種物質了，為何就不能塞入口中呢？如果深吻是為了交換什麼而存在，那吃屎喝尿這種スカトロ的遊戲，其實也只是在交換些什麼而已吧。卡在牙縫至少半天的菜渣飯米粒，經過唾液的浸潤，其實已經跟糞便的氣味相去不遠。吃過糞便的人肯定知道我在講什麼，而這不還是來自《二十四孝》為親嚐糞的暗示嗎？糞便的可食用性，首度見諸於文字，顯然《二十四孝》就是「屎」作俑者。

我本來以為，只要開出價碼，浪花少年應該就會點頭答應，孰料，被色情片誤導了日本人都很變態的錯誤想像，讓我著實尷尬了一下。不得不說，我在台灣約過的按摩師或外賣少年，大多能接受我這種特殊的要求，而且不用額外加價，在所有服務結束之後，一邊幫我刷背洗澡的同時，就把那稱為聖水的液體，淋灑了我一頭一臉。以嘴承之，且溫且暖，有滋有味。尿液的玩耍，建立在視覺味覺之上，等待水龍頭汩汩噴出熱泉；嚐下略腥臊的淡黃液體。尿意比尿液有趣，情趣才是主體，大腦是最發達的性器官，連結主從之間的想像，和那種需要看精神科的嗜糞症或囤積糞尿的蒐集狂不同，スカトロ貪戀的是權力與慾望的流動。

但如今，我跟浪花少年就在十坪大的小套房內膠著，什麼也流不動。他生澀地開始褪去我的衣物，同時也看得出他正焦躁地等候公司回電。沒人可以立即給出答案，本來跟我在網路上接洽的負責人貌似下班了，浪花少年不知道該不該接下我的委託，只是一再地道歉，並承諾他會盡力讓我舒服。本來說好兩萬七千塊日幣，含按摩及過夜，還包全套性服務，忽然變成兩千七百萬的大工程案，我看他電話轉過一個又一個負責人，好像這是足以動搖兩國邦交關係的大事件。

後來的結果，當然是交涉失敗，不僅浪花少年本身沒有這樣的意願，他的公司基於保護立場，也不願意接受我的加碼。也就是說，他們一定接過那種「啊我都喝了你的所以你也要喝我的」的無理要求，所以才會用保護立場來拒絕我的請託。那麼，我也就入境隨俗，願意接受他們的婉拒了。

浪花少年如他所說的，費去了他不知多少青春體力，在我身上又推又揉、又摩又蹭，唇舌與指尖不住地游移探索，一聽見我的嬌喘，便集中火力猛攻乳頭耳垂屁股蛋。他盡力了，我也盡量讓自己泡在他的溫柔中，但我告訴自己，這就是極樂日本的第一站，也將是最後一站。

大阪向來只是我的中繼，飛往關西國際空港後的目的地，除了高野山，就是京都。高野山通常預留一至二日的時間盤桓，是為了禮敬諸佛，憶念祖師；京都動輒十天半個月的短居，才是我旅行的意義。落地當日不及上洛，或是出境前夕及早離京，不得已便會在大阪多待上一兩天的時間。整個關西地區，大阪的性產業是最發達的，我早在上飛機之前，就用電子郵件聯絡了大阪當地幾間願意接待外國客人的男公關店、男外賣少年（日語簡稱売り専），表明了我可以用日文溝通之後，想不到還是有這細微的文化差異存在。日本的売り専都是明碼實價，按摩是一種價錢，過夜是一個價錢；有的可以體驗輕微SM，有的則承接重度踩踏；一日情人陪吃陪唱陪睡陪喝，都可以開價。A套餐跟B方案混搭，就能享受到少年的全心全意。坐在小套房的沙發上，還尚未說出我想要追加スカトロ之前，浪花少年就拿出了跟網站上一樣的護貝看板，菜單一樣問我想點哪種服務。

隔天早上七點多，我幾乎一夜難眠，暫稱要趕車到下個目的地，匆匆收拾細軟，告別了他的溫婉。或許是某種願望失落的副作用，走出套房的那個瞬間，我決定再賭最後一把，滑開手機，找到一家在國立人形文樂會館附近的店家，下午就開放至凌晨三點，每個人的入場費就是三千日幣，主題式成人樂園。我也沒多想，行李鎖在車站附近的置物櫃，掃落肩上一宿的煙塵，午餐過後，買點小酒，悠閒地從道頓堀散步到目的地。

店家的門面只有一扇全黑的鐵門，門把上勾著一個名片大小的吊牌，上面就是店家名稱與LOGO。唯一的招牌只有十公分見方，看樣子靠的都是網路或熟客輾轉介紹而來。

店名我就省略，經營的主項目是「拳交」，但也歡迎各種一對一或多P入場。網站可以看到平面配置，還有營業項目，多數人都是去那裡被拳或拳人。砂鍋大的拳頭，透過潤滑乳的滋養，塞進訓練有素收放自如的肛門裡，產房營救胎兒似的性愛過程，又是支配與被支配的交換，被耍弄的人就是無法自主的布袋戲偶。

按了電鈴，說明來意，老闆便將鐵門打開。沿著狹窄的樓梯，位在三樓的成人空間，顯然是與一般民家為伍，從二樓左右兩戶的鞋子來看，款式有男有女，還有幾雙娃娃鞋。如果不是店老闆自住留用，那住這裡的居民不曉得對樓上天天舉辦拳交派對有何感想。

走進店內，卻一點也不像店。網站平面圖稱做大廣間的空間，其實只是公寓的客廳，宣稱連播拳交影片的電視機，正在轉播棒球。網站跟我通聯訊息的，是一位六十多歲的老先生，他坐在暖被桌裡，棒球實況不怎麼看，只是用聽的。環繞他的都是些尋常生活用品家電，包括電鍋、冰箱、躺椅、瀝著水的碗架、看起來似乎是換洗用的衣物籃等等。這就是用來接客的大廣間，我的心涼了不只一半，更不敢想像配置圖上的小房間、吊床、浴室可能會是什麼樣子。

我一度幻想流淌著電音和迷幻燈光的櫃檯，深幽的尋歡場域，原來一開始就不存在。

老闆領我把衣服脫下，放到附鎖的置物箱。我本來只是打算觀摩看看，畢竟這是連在台灣都沒體驗過的性遊戲，但老闆堅持，收了錢，就一定要下場去玩。說那是他們的規矩。他指著大廣間後頭，有一條只能通過一個人的走廊，洗浴和遊樂的場所，就藏在那走廊深處。我想，一路也隨順日本風土民情得很容易了，撩下去玩個一兩場，應該不至於太慘烈。我就問老闆，如果半途受不了，沒辦法玩下去呢。

老闆一個神回，他竟然說：「就忍耐一下吧！」

於是我暫擱下燃起的慾念，冷靜地看了一眼整個環境，這裡哪還能有地方提供拳交作樂呢？網站多麼活色生香的照片與文字描述，原來都應該是在這有著暖被桌的小房間裡進行的。而老闆是否也七手八腳來參一陣，那就不得而知了。對照昨晚浪花少年專程準備的過夜套房，我忽然一個警覺心乍起，這間店會不會根本就是眼前這位老先生自己一手捏造出來，好讓他可以有不同的拳交對象而設立的？還可以藉此賺錢？

我退了兩步，告訴老闆，我不想進去玩了。沒有特別原因，就是怕痛。拒絕之後，我才為自己莽撞尋歡的愚蠢，感到懊悔。但我怯弱地不敢在走出店門後立下毒誓，告誡自己從今往後，斬斷情緣，滅除慾火。我只能慶幸自己在最後一刻忽然醒來。

因為當我穿妥上衣服，正要離開之前，老闆跟在後頭，聲線淺淺地說道：「不玩也沒關係，但沒辦法退你錢喔！」

沒關係。讓我走吧。

我踉踉蹌蹌跑下樓，走出門外，還回頭望了一下整間建築物的結構。是了，那根本無法像網站說的那樣，容納那麼多P，這不是成人主題式樂園，這只是老先生精心打造的後宮罷了。

我對老先生花甲之年猶戀凡塵的意志力感到佩服，但一想到自己要被當布袋戲玩，我還真的無法。關於日本的美好記憶，不如就停在浪花少年溫婉與奔放兼具的服務態度裡吧。

違憲紀念日　228

一場可能的韓流感

躺在急診室病床上，我以為這只是一場難以避免的感冒而引起的高燒，還不忘邊滑手機，臭罵宗教團體侵害人權，與幾個網友展開舌戰激辯。

前一天，記得很清楚，是中文系每年固定的系友回娘家餐宴，我年年到場支持，探望師長，也和學長姊弟妹閒話家常。中文系的氛圍很特殊，儘管經年偶有人事紛擾，或是求學那段時光亦曾與同學鬧不合，事過境遷後，大多能像這樣聚在一桌吃同一鍋飯，把酒交歡，醉後各分散。彷彿如風如煙的往事，抹在空中不著痕跡。一家人，沒有不吵架的，中文系大概是這種感覺。

餐後，醉意甚濃，為了一點細故，跟大學好友拌了嘴，賭氣就睡在工作室裡沒回家。料想隔日必會和好，自然也就放開膽來吵。興許是那夜受寒，所以才會落得發起這陣陣高燒。溫水服藥，冷汗熱汗淋漓，卻一整天都不見好。夜半，便自己騎著摩托車，到新店慈濟醫院的急診室報到。

掛號櫃台量血壓，醫生簡單地聽診問切，候診區剛抽完兩管血，正好等到一張病床，躺平，讓護士打上一袋點滴。所有的流程熟到不能再熟，我因為心臟宿疾，很常這樣半夜到急診室求助。本來都是大學好友隨侍在床，但昨天拌嘴之後，我也不好意思央求他來，但不知是否真有心電感應，凌晨三點多，他見我一夜未歸，應是察覺我的老毛病復發，二話不說就趕到急診室來尋我。

抽血的報告出來，醫師皺眉，說肝指數異常偏高，得留在急診室觀察一下，必要時還得再抽血檢查。我和好友都覺得詫異，因為我的心臟毛病多半來自焦躁煩悶，算不上要命的絕症，所以每次檢驗報告都是無異狀。好友與我同住一個屋簷下，即使急診室來回不下數十次，這次倒是嚇著他了。

於是我開始倒帶，好友也跟著回溯昨晚飲宴，甚至更遠幾天的記憶。昨晚的酒量跟平常並無二致，帶點醉意，鬧上小脾氣，體力消耗得多，在工作室裡早早就睡了。又因為剛從韓國觀光歸國沒多久，連日都過著還算悠閒的日子，也甚少熬夜，我那一陣子的飲食與作息，應該無法造成如此猛爆型的肝指數。

過了一個小時，醫師決定再抽一次血，多檢查幾個項目。

這時，我意識到，除了生活作息之外，還有更重要的病因必須檢驗，我藉口說肚子餓，把好友支開，請他去醫院地下室的便利超商給我買個麵包。我才敢開口，請醫師順道幫我檢查ＨＩＶ。

抱著忐忑心情，還讓好友提前回家去，終於等到陰性結果，肝指數卻也從兩百飆到七百五。可悲的男同志如我，還沉浸在陰性結果的愉悅中。已經很難直接致死的ＨＩＶ，比隨時可能奪走我性命的猛爆型肝炎還要讓人驚怕。我不是什麼純潔清白的陽光男同志，但也並非荒淫無度的縱慾浪蕩子，就是跟一般人一樣，有一些肉體上的慾望和需求。唯一和異性戀不同的是，男人與男人的性愛關係來得快也去得快，戰鬥澡戰鬥炮洩慾了事，事了拂衣去，在一個龐大且根深蒂固的父權社會底下，男同志的關係，沒有人特別吃虧也沒有人佔到便宜。畢竟在這社會的偏見裡，秒秒多情的男人叫情聖，處處留情的女人卻只會被當成婊子。

就算把情聖罵成淫魔，可能還會博得男人圈裡的滿堂喝采與羨慕眼光；而婊子、公車、肉便器這些頭銜，不僅在男人圈裡被形容成可以交易或互換的物品，連女人圈裡自己人也不會同情更別說是羨慕這樣的女子了。

出入歡場不是一日兩日，風險問題早已了然於胸，而真正面臨到病癥現前，難免還是多少有點罣礙。罣礙當時怎麼沒踩煞車，怎麼會幫陌生人口交，又怎麼可以無套。原來，在一切尚未獲得滿足之前，想像力是沒有極限的，想嘗試各種體位跟想吃遍各種美食的心情，其實差不多，在這個天菜滿街跑的時代，食慾和性欲掛勾得特別明顯。一但獲得了某種程度的滿足，再也吃不下了，就好像潮水消退般，聖人模式自動開啟，在床笫之間了卻塵緣，險險開悟。所有的懊悔，都是在床榻上運作的，包括我現在躺著的急診室病床。

醫師診斷應是罹患A型肝炎。但台灣的飲食衛生條件，早就已經讓這種窮國病絕蹤滅跡了，所以醫師才問起半個月前的韓國行。

雖然是自由行，但韓國畢竟也是先進國家，而且所有景點和活動空間都在首爾，每天三餐吃的都跟同行的大學好友一樣，更因為想要多方嘗鮮，我們常常共用一碗韓國涼麵或是同吃一碗野菜拌飯。就連醫師推斷嫌疑最重的廣藏市場，不管是生菜生章魚，還是傳統血腸等食物，我們都是交換著吃。除非好友感染過A型肝炎，否則沒道理我病在床上，而好友還可以半夜騎車來探望我。

排除各種罹病因素的過程，好像在抓一個擁有完美不在場證明的犯人一樣，愈是完美的說詞，感覺就愈有鑿斧的痕跡，處處破綻漏洞可循。醫師考慮到我的肝指數居高不下，決定幫我排一個床位，入院觀察幾天。我簽了入院同意書，還來不及打電話通知母親跟好友，一心只想趕緊找出病因。

我這樣一個心肝不好的人，居然在半夜四點就能排上床位，老天總算是待我不薄，於是就在護士的協助下，不對，當我開口向護士尋求協助，卻只是拜託她扶我從病床上起身時，我終於發現自己的身體不對勁了。我渾身無力，無力到連在病床上把手抬起來都是對體能的苛責，本來以為是躺太久了，卻又發現居然連眼皮都快沒力氣撐起，呼吸都懶。

在護士的協助下，我終於從病床上起身，停了一口氣，我只能告訴護士，我走不下床。於是我又讓護士攙扶著，躺回病床，凌晨五點到院協助護士照顧病人的慈濟師兄，一路將我推進電梯，推入十一樓的病房。最後，連手機撥號也都是委託慈濟師兄協力完成，我才讓母親跟好友知道，我的肝指數正飆破一千五，手腳開始發黃。

古代人說的黃病，原來是這樣子的。接下來的半個月，我除了轉院一次，特地請護理師表妹幫忙揹著換洗衣物，從慈濟轉到關渡醫院，以利母親隨時陪床之外，我完全被隔離在單人小病房內，不得離開半步，整整半個月之久。所有的盥洗用具、餐盤杯碗，都得獨立出來，在醫學不昌又營養失衡的年代，我這一身病毒足以屠村滅鎮，關渡醫院的護士都說很少有人罹患這種病，因此也格外費心。小時候多病，三天兩頭住院打點滴，這次卻是我成年以來頭一次入院，用健保房的價格住到單人小間，略顯奢侈。

大概是第五天還是第六天吧，我聽見隔壁房時不時傳來念佛聲，雖然知道關渡醫院正在推廣安寧照護與社區長照，但我記得剛轉院進來的時候有特別瞄上一眼，我應該還是住在一般病房的樓層。母親才說，我住的單人小間是隔離病房，有一條專門的走廊和醫護站相通連，路上沒有其他病房，只有一間小房間，也就是我隔壁的小房間。小房間平時都沒開放，只有當其他病房的病人快嚥下或剛嚥下最後一口氣的時候，才會連人帶床推進小房間內，按照病人或家屬的信仰，舉行各種簡易臨時的送行儀式。

母親說，住進來的這五天，她已經看過至少四家不同的葬儀社人員，進出那間小房間了。仔細算數，我至少聽過「南無阿彌陀佛」、「南無妙法蓮華經」、「嗡嘛呢悲咪吽」各一次，基督或天主教的可能沒有那麼綿長的唱誦過程，故而就沒聽見過了。

也是這樣的契機，加上肝指數不聽話地衝到了三千多，糞便轉灰白，尿液轉褐紅，思及頂上蓮花凋敝、腋下臊汗淋漓的天人五衰，真的是覺得自己應該差不多了。沒想過要寫遺書，倒是認份地也被隔壁小房間進行中的儀式感染，自己按著學習密教的習慣，日夜念著本尊真言，以及御寶號「南無大師遍照金剛」。不求賴活殘喘，但得一場好死。

我以為我知道自己是在哪個環節染上這種惡疾，只是痊癒之後詢問醫師，才知道自己當時的悔悟，完全搞錯了方向。

七天的韓國行，我其實有吃過一個，同行好友壓舌根都沒吃到的東西。男人。而且是韓國男人，真正的歐巴。

因為好友跟他的妻子睡一間，我獨自睡在隔壁間，半夜輾轉無趣，便用英文找了一間外送歐巴的店家。性慾讓男人學會使用電腦，也學會異國的語言，簡直就是男人的基本驅動程式。英文與韓文交錯轉譯，還真讓店家聽懂了我的需求，掛上電話，二十分鐘後從明洞派來飯店的，完全就是我想要的那種夢中情人型的歐巴。精實健壯的身材，又不至於太過粗硬，姣好的面龐和雍容的談吐，雖然不像韓國明星那樣精緻，但已經是極品。二話不說，就讓他用韓式手法替我服務。我永遠記得，當他貼在我背後時，他身上的香水味，恰到其份地縹緲若存，像他的大手一樣將我的疲勞與寂寥一併包覆在內。

我們全程都做了防護措施，唯一的失策，就是洗澡的時候，我嘴賤，請他喂我喝尿。而他也害羞地尿了，足足有三百西西不只吧。

我一直以為是這樣過激的遊戲讓我感染A型肝炎，但醫師說，尿液沒有傳染力，糞才有。我不知道該不該慶幸我不敢吃糞，但至少可以確定我的病與那些生難以再見的帥歐巴無關。帥歐巴是無辜的，我們萍水相逢，也吝於留給對方任何信物。但經此一病，看著好友、表妹、母親在醫院內外奔波，以及生生死死的間不容髮，我很認真地考慮，所有的欲樂遊戲，也是時候該停下來了。

剃度

金屬光澤的初生幼蟹，在肚臍上爬，招搖起半透明的身體與蟹足；這不是妄想出來的魔幻生物，牠正不停地用自己的方式，呼喊著牠和牠親族們的實際存在。大螯扎在脂肪過多的三層肚肉，被牠扎得沒有痛覺，只有搔癢。我低頭，輕輕撥弄牠，把牠從肚臍上最稀疏的那幾根毛叢中拈了起來，我還可以看見牠的親族在揮舞著螯，像求救，更像挑釁。一節一節，我用指甲將牠斷肢，直到牠全然失去禦敵能力，碎得扁平；手指出現一點米豆大的紅，是牠還是我的血？不管了，再抓起牠的親族，不知道那隻大的是父，或者小的是母，繼續支解牠們全族。

開全，你說說看吧，這個月打禪的心得如何？

正殺得愉快，忽然被阿闍黎點名，欲醒還眠的禪堂內，我就是烏壓壓帶髮居士堆裡被掇起來的一尾鐵蟹。慌張起身回話，水壺卻應聲倒了，殘餘的茶湯，潑灑在晨光都還沒降臨的木地板，陰陰地像一潭照不出面目的濁淵；我無力去擦抹那一點點水漬，腳麻在蓮花圖案的蒲團上，一顆顆刺癢的粒子在小腿肚滾著。我還以為鐵蟹跑到腿毛之間去了，有點驚恐地想去揉撫小腿，卻被阿闍黎喊住。

每個月固定只有一堂課的佛學班，算數著半年過去了，也不過才上六堂課，對於美人吃三十次月餅就遲暮的殘酷，但覺老天公平得太不公平了。大歲月總是突飛猛進往前奔，禪堂裡一支香的小光陰，卻是這樣任性地在指針上踱得老慢！

陷入了兔走烏飛的悵惘，面對阿闍黎的提問，很想簡潔地回句「一無所得」，可自己根本沒有踏入過那種境界。分分鐘都在估量自己多得了幾百塊錢、輸掉了幾十口氣的迴圈裡；不斷地想得到些什麼來挽回年華的逝去，得到什麼彷彿都是毫無意義，沒有一天比今天活得更老了。

到底有什麼心得可言呢？我反覆思量，決定把第二齷齪的自己，公然攤在禪堂裡。

我是這麼天人交戰地過完這個月的。我說。一邊是上個月剛學會的阿字觀七支坐法，另一邊是跟了半輩子的手動自體活塞術。究竟先打槍還是先打禪，總是令人心煩。抽菸的時候想到上帝，或在唱詩歌的時候犯菸癮；酒店公主半工半讀考進公立大學，或者大學女生去當酒店妹。是順序與位置的問題，而不是誰去做了什麼。用蒲團上半小時的枯坐，想著剛載好的肉片；找肉片的同時點燃一支線香，在房內營造出隨時可以入定的前奏。普門品常念恭敬觀世音，便得離欲，但讀到「欲」之一字，猛男的截圖就取代了面前的本尊曼荼羅。怎奈凡心轉盛！

所以我們要修止觀，隨時觀照自身，定慧等持。

阿闍黎與諸位同修即使聽完我的打槍總在禪坐後，依然面不改色地繼續討論究竟何謂禪坐的最佳時機。不惜月月高鐵來回，也要往那台中禪堂奔走，作為腦神經科學的主治醫師，主持這間禪堂的阿闍黎沒有拾什麼道在屎溺的牙慧，不遑多讓地分享關於殺盜淫妄的各種念頭，解釋其行為動機，並從心理學、腦科學、精神疾病與自律神經失調等面相，切入所謂的禪觀。人不是在神聖裡學會神聖，而是在淤泥中學習出水的姿勢。阿闍黎如是談，我們參。

至於得到鐵蟹的事情，我最後還是選擇隱去不講。至少不在禪堂裡講，因為那是第一齷齪的事情。這些張牙舞爪的鐵蟹，日以繼夜地在我的肚臍毛與恥毛上馳騁奔竄，瘋狂地做愛繁殖，幾個小時就建立起牠們的鐵蟹氏族，半天便推舉出鐵蟹中的蟹可汗。大概不出一週就可以統治牠們的宇宙，我的肉身即是他們的須彌山。牠們啃咬我，而我吃豬牛，食物鏈的頂層應該是牠們，或者牠們身上帶著的微小寄生蟲。

早上五點開始打禪，到傍晚五點放蒙山，一個月一次的佛學課就是一場小閉關。提前一天趕車到台中暫住，調整身心，是我報名佛學課的最初構想，但是第二趟就附帶了逢甲夜市美食巡禮；或是第三、四個月著迷於一中街特色餐廳直擊的行程。我也說服自己，和尚都會挑適口順嘴的素菜館了，更何況俗子如我！一趟台中走來，多吃多玩點，不算太過分啊！我可是留足了明天一整天給佛祖呢！

我甚至覷著禪堂內每一個打著手印，雙腿跏趺的師兄姐們，徹底嚴守了輕輕趕走蚊子的戒條，一次又一次干擾修行的嗡嗡聲在耳畔碎嘴，卻只引來他們略略地蹙眉的樣貌。那是他們生活的真相嗎？他們的日常三餐，晨昏二時，都保持著這樣清明無為的身心嗎？

難道不會像我一樣，獨自睡在飯店，在等待隔日清晨佛學班的黯淡午夜裡，忽然想起這樣的時刻最適合撿一個陌生男子來瘋狂做愛嗎？一切都是順序的問題，我畢竟是先做了愛才上禪堂，這樣的懺悔才是最有效果的吧。我打開交友軟體，挑中一位男按摩師，互相換了照片，包括本尊與分身的照片都換。精練的肌肉讓他開出來的價碼顯得特別實惠，臉是我的菜，屌是我的型，我果斷地選擇一邊造愛，一邊想著明天的佛學課；也萬萬不可讓那特地放空的八識田，在禪堂裡色淫淫地長出幾十幾百張他的臉與幾百幾千根他的屌。

我是個容不下遺憾的人，花了五分鐘把我想要的服務跟他要加的價錢談好，掛上視訊電話，在他搭車到飯店的廿分鐘，我除了淨身沐浴如將禮佛，其實都還有最後一個機會打電話跟他說我拉肚子或任何異想天開的理由爽約他，而且，我的確也這麼考慮過。有時候約人，只是為了享受著開條件互相磨合，耍耍嘴皮，把對方跟自己都聊硬的一個過程；真槍實彈起來，又清又洗，還得提防後山濁流，倒不那麼爽快自在。

可他終究在我反悔前趕到飯店樓下了，沒得由我退縮，待房門一開，與他四目相交，兩舌纏繞，便天旋地轉不知所以，任其擺佈了。當我從迷離的神識中開始感受他的體溫時，他已經用筋肉硬挺的前胸板，貼在我肥軟的背上來回磨蹭了幾十遍。我們之間隔著一層嫩潤甜香的精油，像兩塊醃在一起的肉。而當時我並不知道，這也是某個嗆蟹的過程，薰衣草過辣的香氛沒有把鐵蟹嗆昏，牠們就是這樣移居遷徙到我身上的吧。

癢了一個月，又殺又抓，拿著牠們的屍首對照網路圖片，我已經幫自己確診了，但還是希望親耳聽到醫囑宣判說：「就是傳說中的陰蝨。」

「傳說中」三個字是我自己加的。好萊塢都會愛情喜劇的貪玩女主角，某天醒來大喊「Crab！」不斷搔抓下體，打電話去臭罵噁爛渣男主角一頓要他賠償，代價是再一場浪漫的燭光晚餐，波士頓龍蝦以及充滿暗喻的首長黃道蟹。我居然有走上陰蝨路的一天啊！當上女主角的感覺，卻不如想像中的美妙。醫生摸完我的股間，吩咐護士去備洗劑跟抗生素，就迅速把乳膠手套反摺脫下，用酒精洗了兩次手，才敢動筆桿開立我的就醫紀錄。走出診間，我差點要怒吼，恨不得咒殺上個月約到飯店來的那個俊俏男按摩師。

陰蝨鬼！我去你的體健大屌多汁按摩師！

有些人喜歡約固定幾個砲友；有些人每晚打野食口味繁雜；有些約到家裡只是緊緊抱著睡上一宵，像假的男友，但是比砲友多了那麼一點點恩愛；還有最近我才聽說的，那群常常約在一起唱歌吃飯看電影聊天玩桌遊的，各自都互相發生過肉體親密關係，心照而且還常宣。

有好長一段時間直至今日，我懶得與人交往，不僅僅是中規中矩從吃飯開始的戀情，就是天雷動地火，沖脫砲幹爽的那種一夜情，我也懶。

五分鐘可以招來一個訓練精良的按摩師，五千塊給他，照我的玩法，循我的規則，他必須取悅我，費盡心思與體力的那種。這樣就能獲致快樂，我為何還要屈就於那些曠時廢日的交往，去在意、去滿足每個人虛幻的感覺與奢求呢？我只想把最深層的欲望，忠於自我地潑灑在一張全白的畫布上；也不必擔心會被捏成別人想要的陶俑的形狀。當我想通這件事情之後，省去了自己打槍的時間，每個月找三到五次按摩師，通身放倒交給他們專業的來，異性戀社會說的半套排毒抓龍根，我們的1069數字按摩。

要放進去嗎？那要加錢喔。

預謀，這是他營業用的伎倆。

本來只是想在這一個人的旅途中，增加一點風光明媚，他卻愈按，愈深入核心，甚至主動用他的唇舌挑逗我的全身。我無法說不，而且我也早就準備好潤滑液與保險套。換言之，這也是我的盤算。誰掉進誰的陷阱裡，還說不準呢！一場按摩結束後，捶打淋巴的固定收尾動作，是每個推拿師傅都會的。推拿館此起彼落啪啪啪啪啪啪的捶打聲，節奏單調；只是他的捶打集中在鼠蹊會陰，也不像推拿師傅是用拳掌捶打，他張開自己的大腿也掰開我的大腿，大腿貼大腿一次次地幹，狂肏猛撞了半個多小時，啪啪啪啪啪。專業推拿師傅捶打淋巴的聲響。鐵蟹居然沒有因為這樣的春打而被擊殺。管不了了，反正有保險套，我放大了膽地要，這樣的天菜，我開始在心裡的小劇場兼小算盤估量著，得吃上幾次晚餐、看幾次午夜場、衝幾趟夜景，才有可能如今日這般順利地得到他的狗公腰，還有意料之外的鐵蟹？這一切太值了！

樂受，也只是苦受暫時被消失遮蓋，這個世界上不存在客觀快樂的樂受。

第一個月從禪堂學到這句話，稍微想到的是每次肛交前的清腸動作搞得像瀉肚子；以及完事後隔天總是一股氣悶在肚子裡絞。到底為了那激射噴發的數秒，得付出多少前置作業與善後處理的代價？

現在我懂了，不僅僅是這樣的。

對著浴室的鏡子，手裡拿著新買的五鋒刃刮鬍刀，我懂了，保險套無法杜絕所有的性病，鐵蟹陰蝨就是其中之一。跟每天早上一樣，按壓了刮鬍泡沫，輕輕地塗揉在粗硬毛根上，稍稍靜置，等毛根軟化後，手起刀落手起刀落，屌下一片精光滑溜的坦腹，就像那個什麼愛啊性啊都不太懂的童蒙時代。

有那麼一下子，心裡頭暖暖地感受到自己是一個完整的人，會哭會笑，汩汩不絕的慾望漲出洞口，空虛永遠無法被充塞。活在一個錦袍子裡，袍子爬滿陰蝨。

胸前緊抱住生死疲勞的不定時炸彈，也沒什麼好或不好。

半年的佛學課程裡，作為結業式，我那剛剛剃下的鬚髮毛髭，藏覆了所有被洗劑無差別屠滅的鐵蟹。牠們以為找到了新的淨土而我也在俊帥大屌按摩師身上探索新的極樂，我們的快樂都是很短暫的，但也很真實，沒有什麼對或不對。

我已經開始想念這些小鐵蟹了。牠們曾經努力求生，為此而在我身上瘋狂做愛的樣子。

寫在公投後

人權能不能拿來公投？婚姻算不算基本人權？釋憲後的字號能否被公投推翻？究竟要提公投還是反公投？同性戀算結婚還是結合？同志教育會不會把孩子都教育成同性戀？要靠綠營幫忙還是繼續當藍甲？言論自由能不能保障歧視性言論？我可不可以擁有歧視你的自由？

當下一代幸福聯盟提出所謂的愛家三公投時，我個人認為應該全力反擊這三個公投，而不是開闢新戰場去推動平權公投。愛家三公投勢必造成中間選民的腦力激盪與智力測驗，上開諸多問題只會是冰山之一角，更多光怪陸離的歧視偏見，從來都不會少。我們是全世界排名第三的無知國家，民政長官後藤新平認證的好騙難教，與其花費心神試著要教育群眾，推廣正確的性平觀念，倒不如專心評破對方謠言，以瓦解愛家公投為首要。

我會這麼說，並非空穴來風，亦不是單憑個人臆想。只是對台灣民眾聞名遐邇的「單純」，特別有信心罷了。

第一次接觸到同志議題的人，如果看到愛家三公投穿街走巷地拉人連署，應該會先想到：「我們國家經濟已經這麼壞了，為什麼還要搞這個什麼同性戀的公投，而且一搞就搞了三個。不是都已經釋憲了嗎，根本是浪費公帑！」

是的，如果拿「你是否認為愛家三公投造成台灣國力虛耗」去做民調，愛家三公投說不定還會被當成是他們口中那些敗壞人倫的同志團體呢。畢竟他們都穿小粉紅背心上街，整個活動與網頁的主視覺都是小粉紅，還有什麼顏色比小粉紅更GAY的嗎？

我自己的教學現場，是咖啡教室。一個偶爾看得到彩虹旗，偶爾談宗教信仰的咖啡教室，教室學員的平均年齡大概落在四十歲左右，且以女性居多，我不會每堂課都現身出櫃，基本上也沒有人一邊沖著咖啡，一邊說：「來，這杯是耶加雪菲G1，然後我是GAY。」

和學生都是順其自然地聊著咖啡以及圍繞著咖啡的生活雜事，然後默默地察覺到哪些學生可能會對自己的真實身分有恐懼，甚至敵意。不過那畢竟是偏激的少數，每年約有六百位學生來來去去的咖啡教室裡，包含透過救國團報名的學員，高達八成的學員都認為既然同志結婚的問題已經釋憲，訴諸公投不過就是浪費稅金罷了。

「同性戀的事情，讓他們自己去決定就可以了。」這應該是一個相當友善且能夠拉攏中間選民的最大公約數。這些話，本來想講，但當平權公投已經箭在弦上，騎虎難下的時候，我選擇噤聲，並多次與苗博雅聯絡，試圖在宗教圈爭取平權公投的支持。

把事情做好，是我一直以來的信念。既然有人領頭了，那就協力完成它，成敗如何一定會牽動局勢，但無論公投結果的輸贏，站在人權鬥爭的歷史長河來看；站在教堂最高的十字來看；站在和祁家威一樣高的屋頂上來看，進步會陣痛但一定會進步，保守派只適合被掃到史冊的餘燼裡，無一例外。

總要有個始末吧，平權公投是如何被激起？愛家三公投又是怎麼集結全台保守勢力？我見聞有限，參與活動也不算頂多的，僅能就我記憶中的做一點分析，以供未來的我們參考。

大概是二〇一一年左右，我開始經營一個支持同志的佛教粉專，以及一個臥底在恐同團體的小帳號。我之所以能得知一些情報，端賴這個小帳號的回饋，我必須說，恐懼同志的那些人，把網路世界看得很簡單，我的小帳號每天都有數十則好友邀請，大家都不吝於分享各種「對付同志」的方法。他們萬萬沒想過，那個跟著他們一起點讚，一起喊著「同志好噁心」的帳號，就是螢幕前的我。

雖然很早就有基督教團體零零星星地在他們的牧區範圍裡反對同志，但那畢竟是以宗教立場出發，能整合並加以利用的群眾數量相當有限，他們試著進入各級校園，但最後都因為宗教色彩過於鮮明而告終。這一點，有很多基督徒媽媽到今天都還不能理解，為什麼宗教不能進入校園。他們甚至強辯，基督教是一種生活方式，不是宗教信仰。必須先信仰基督，才能使之成為生活方式，這群熱心傳教的媽媽們不懂，因為她們並不具備任何邏輯思辨的訓練，我的小帳號曾經引用懷寧浸信會某次刊出的神導演化論，讓這群基督徒媽媽把炮火從性平教育轉移向自然科學教育。

與其一直把戰場膠著在性別議題上，何不讓他們直接去動搖教育的根底，像美國廣大的偏激教徒一樣，要求教育部直接刪除演化論，改上亞當夏娃創造論。畢竟那個才是真正的聖經價值，也是今天同志之所以被基督教偏激教徒排除在肢體外的原因。如果聖經說，上帝造男造女，任其嫁娶，而沒有亞當夏娃這對樣板夫妻的話，今天或許還不至於演變至此。

二〇一二年伴侶盟提起「多元成家三方案」，按照我小帳號的觀察，這個草案正式觸動了保守勢力的警戒線，並間接提供了大量滑坡論點的可信度，時至今日，那些屢屢提及「多元成家」便恐怖毛豎的市井小民，絕對比檯面上反對同志的基督徒來得多更多。操作恐怖比操作議題容易，保守勢力開始不斷用「多元成家」這個詞，將同志與多P亂倫雜交、人獸交、毀家廢婚等詞語掛勾，這個勾掛得深了，謊言也就成真，以為今年的公投就是要反制「多元成家」的人，可能比想像中來得更多。這也是為何下一代幸福聯盟以「愛家」當作主要訴求，但實際上三個公投主文對於「家」的形象、定義、組成等詮釋或維繫方式，付之厥如，更不用說面對一次又一次的虐童事件，始終冷眼旁觀的下一代幸福聯盟這「下一代幸福」五個字有多麼空泛而諷刺。

「多元成家三法案」石破天驚地推動百萬連署，順利進入立法院殿堂，接受民意考驗，一方面替台灣人權立下了里程碑，但另一方面也正式點燃了這個惡鬥長達六年且眼下就要邁入第七年的戰火。二〇一二年，多元成家的草案進入立法院，隔年，台灣第一個正式公開宣揚反對同志的團體，護家盟誕生。護家盟也是有前身的，護家盟的前身是真愛聯盟，就是剛才說的那個宗教色彩鮮明，以愛心媽媽的姿態深入校園試圖染指性平教育，脅迫孩子簽下守貞契約的偏激教團。雖然或多或少有一點點影響力，但那都是地方性質，透過各縣市的教育局就可以闢謠，並加以婉拒的團體。記取了這樣的教訓，後來的護家盟，既有牧師律師學者，又有佛教道教人士，甚至有多的能量可以細胞分裂生殖出信心希望聯盟，參與立委議員的選舉，把宗教色彩降到極低的限度。雖然組成人員不同，下一代幸福聯盟其實也只是延續著上述幾個盟一貫的手法，把同志貼上「不愛家」、「沒幸福」、「不管下一代」的標籤，這樣的價值觀在台灣根本躺著都能贏，同志團體此役輸得一點都不冤枉。

愛家公投的領銜人當然懂這個道理，反正他們坐穩了「愛家」的頭銜，那他們的對手也就是我們，肯定就是「不愛家」。這個標籤是這樣貼上來的，換言之，我們提的叫做「平權公投」，但「平權」跟「家庭」，猜猜看上有高堂下有妻房的廣大台灣民眾會怎麼選？當中間選民被下一代幸福聯盟的小粉紅背心吸引住目光之後，他們就會拿出各種「多元成家三方案」的內容，告訴那些中間選民，如果不支持「愛家公投」，那「多元成家」就會降臨台灣，到時候阿公可以跟孫女在一起、人可以跟愛河的摩天輪在一起、說自己是女生的跨性別就可以跑去女廁所偷拍甚至性侵……如果你曾在公投連署期間，跑到教會前面蹲點過，以上所說的這種造謠手段，天天都在發生。

接下來街頭上與網路上的你來我往，相信大家都有目共睹了。但有幾個有趣的事情可以稍微紀錄一下。

護家盟的律師兼牧師任秀妍，早在她嶄露頭角之前，我就為了她攻擊八家將的傳教文宣，和基督徒在臉書上開戰。後來她更發表「有血緣關係的孩子才有可能愛他，收養的小孩不可能愛他」的恐怖言論，為了打壓同志婚姻，不惜攻擊現存的收養家庭結構。而同樣是律師兼牧師的趙曉音，儘管她後來和四叉貓成為朋友，看似交情甚歡，但針對同志議題，可是完全沒在手軟。她直接言明了，不要來動「我們的民法」，顯見口裡雖然說她尊重同志，但同志真正要的感受，她毫不在乎。

我就在想，這些既是律師又是牧師的人，到底是用什麼樣的心態在看待法律與人權問題。沒多久，中正大學法學院副院長曾品傑，著實地給了我一棒喝，他說：「當法律專業與聖經價值相互抵觸或不合的時候，應該要選擇聖經價值，而反過來用自身專業法律論證使現行法或未來法律政策，盡量不抵觸聖經價值，這才是身為一位基督徒法律人應該要做的事。」

原來國立大學是養這種牧師級的法學學者，人活得久，什麼新鮮事都有！看樣子亂石砸囚的石刑；全面取締豬血鴨血製作與販賣；同性戀性行為違法；女人要包頭巾；自然課本必須承認世界是上帝創造的等等，各種符合聖經價值的新法律，不久就會出現在台灣。這些才是他們內心真正的聲音，真正的聖經價值。

無論我能舉出多少個荒謬的例子，但下一代幸福聯盟還是拿下了七百萬張公投票，廣大的台灣民眾選擇家庭價值，還真的一點都不意外。

但我想問，對愛家公投投下同意票的你們，確定真的讀得懂公投主文在說什麼，以及主文會帶來什麼樣的影響嗎？

就公投結果來分析這三個案子，你會發現這三個公投不但浪費稅金毫無意義，甚至可能是包藏禍心偷天換日，打從心眼底就是歧視同志的公投主文。

先來看這三個主文。

第10案：你是否同意民法婚姻規定應限定在一男一女的結合？

第11案：你是否同意在國民教育階段內（國中及國小），教育部及各級學校不應對學生實施性別平等教育法施行細則所定之同志教育？

第12案：你是否同意以民法婚姻規定以外之其他形式來保障同性別二人經營永久共同生活的權益？

從第10案的主文來說。大法官釋憲的釋字748已經說明，民法婚姻章沒有保障同性結婚，是違憲的。

釋憲原文節錄：「民法第4編親屬第2章「婚姻規定」，未使相同性別二人，得為經營共同生活之目的，成立具有親密性及排他性之永久結合關係，於此範圍內，與憲法第22條「保障人民婚姻自由」及第7條保障人民平等權之意旨有違。」

換言之，公投主文是去投一個違憲的題目，政府服從憲法，當然不可能因為此主文之通過，而去限制民法婚姻。公投法本來就不能動憲法，且要有創制或複決的概念，公投法才有限定院會期程的問題。此主文是「限定原有法條」，類似創制，但不算嚴格定義的創制，立法院在道義上當然可以修，但在公投法的規定之下，讓這個法案躺在院會，永遠塵封都沒關係。

或有人認為，蔡英文總統沒有在釋字748出爐後，利用議會優勢，強行通過同志婚姻法案，是在欺騙同志選票；但事後諸葛看來，還好當時沒有修改民法任何條文，否則這個第10案的公投，將名正言順成為複決公投，就會像以核養綠公投直接廢除掉電業法的條文一樣，直接廢掉那個同志希望蔡英文強行通過的同婚法條。天祐同志，我們的法條最快會在二〇一九年的三月出爐，至少，那個法條不會受到此次公投的震盪餘波影響。

二〇一七年，蔡英文就同婚議題，接見了正反雙方的代表，結果當天同志廣播《真情酷兒》的主持人Vincent就在臉書上抨擊蔡英文，說什麼蔡英文對他說：「你這一生不一定等得到同志婚姻。」引起廣大同志暴動，也就是那一天開始，民進黨騙票、蔡英文騙票的罵聲，甚囂塵上。

這也逼得府方不得不發表錄音檔的逐字稿：

01:54:22

總統：等了這麼久了，不要毀在最後這一段，如果因為等了很久，在最後一刻，耐不住的時候，可能毀了前面的努力，我知道在最後的一刻都是很困難的……（被打斷）

01:54:36

黃：但是我的生命不能等待。

總統：我知道，但是，即便你的生命不能等待，你也要為其他的人的未來，也替他們想一想。

可見，蔡英文要同志們忍氣吞聲的目的，在於大法官釋憲任務完成，與其上街頭激化對立，影響中間選民的判斷與情緒，不如化整為零，面對議題採取關謠和冷處理。蔡英文的以拖待變，應是收集到地方立委的資訊，強行通過對同志沒好處，順從大法官的解釋才是民之所向。我的臉書小帳號大概在二〇一八上半年，就聽說下幸盟不斷拉攏地方宗教勢力，再透過地方宗教勢力，想要影響信眾的決定；我當然也不是袖手旁觀，所以在我的宗教粉專上，一連發佈了數則文章，從各教教義典籍，淺談各宗教必須支持同志議題的理由。

不知道是誰給這位廣播主持人熊心豹膽，把總統沒說的話塞到她嘴裡，竟鼓動同志開戰。此舉錯失了綠營更多支持者，又忽略了地方鄉親的情感因素，「台獨機關槍」李柏璋就此問題開炮，直言同志惡意放話中傷民進黨與蔡英文，明明也沒幾張選票，又哪裡來的騙票。人言可畏，那次之後我見到同志圈內的政治光譜也被攪動，濁水溪以南的支持度嚴重下滑，一來一往損失多少張票，沒人可以擔保。

由於同志婚姻已經有大法官釋憲保送了，所以愛家三公投當中，我最在意的其實是第11案。性平教育攸關下一代性少數的福祉，性平教育如果有任何閃失，造成青少年自我認同錯亂，甚至自我毀滅，這是誰都承擔不起的責任。

所幸的是，設計這個主文的人，不知道是要欺騙七百萬人法律知識不足，還是包藏禍心想偷渡同志教育，居然弄了一個只動子法《性平法教育施行細則》，不動母法《性平法》的公投主文，就算該細則因為公投而必須修改，但母法沒動，修了等於沒修。

《性平法教育施行細則》說得很清楚，一切法源都來自母法《性平法》，而且理念一致，性傾向、性別認同都在保障範圍內：

施行細則第1條：本細則依性別平等教育法（以下簡稱本法）第三十七條規定訂定之。

施行細則第2條：本法第一條第一項及第二條第一款所稱性別地位之實質平等，指任何人不因其生理性別、性傾向、性別特質或性別認同等不同，而受到差別之待遇。

現在下幸盟嚷嚷著教育部不理會公投，是藐視民意。其實不然，是公投主文設計錯誤，教育部根本無法回應這個只動子法的公投主文。

該主文沒說明「適齡」的定義，如果要把適齡拿去給專家學者再議，在這個網路資訊蓬勃發展，人手一機，約炮容易的時代，性教育只會愈來愈早教，因為這樣才能保護下一代，給予下一代正確的觀念。直截了當地告訴他們，人類是演化來的，不是亞當配夏娃、伏羲尬女媧。

第12案因為必須遵守憲法第22條「保障人民婚姻自由」的原則，所以走專法可能已成定局。但是下幸盟的提案領銜人游信義居然說，他們公投主文的意思是連專法都不給，只能容許「同性家屬生活法」。因為公投主文沒有「同性婚姻」一詞，所以無論專法或民法，政府都不應該考慮同志使用「婚姻」一詞，否則就是破壞「婚姻」的定義。但這不又違憲了嗎！釋字748是要補足同志的「婚姻自由」，結果這個公投主文是不給同志「婚姻自由」。

如果世界照著游信義的規矩來，那麼一對同志想要在一起的時候，他們不能說：「我們結婚了」，他們要說：「我們成為家屬了」；他們不能穿「婚紗」、不能買「喜餅」、不能「度蜜月」，所有跟「婚姻」定義有關的事物制度儀式，一對相愛的同志都不能使用。

甚至連農民曆「嫁娶」的好日子都不能挑來用，不稱夫妻只能稱家人。這是我的家人。這樣哪裡保障了兩人婚姻關係呢？

這就是歧視，這就是隔離制度。

三個愛家公投主文其實只有兩個目的，而他們真正想說的話是：

「你是否同意同性別之二人親密排他關係不得稱為婚姻。」

（游信義也不只一次說過：你們不可以來動我們的民法）

「你是否同意聖經教育取代錯謬的性平教育。」

（曾品傑親口承認：憲法不能高過聖經）

但他們不敢這樣寫，他們這樣寫，公投門檻根本不可能過關。他們操作的是恐懼，所以他們不能讓公投主文有恐懼的概念存在。

因為他們是這樣的狡詐，所以我們輸得如此慘烈。

但是我們沒有悲哀的時間，我們必須揭穿他們的假面，讓這投錯票的七百萬社會大眾知道，同志要的就是走入安定穩定的婚姻關係，請求民法給予這樣的保障，如此而已。

更要讓他們知道，同志教育不會把孩子變成同志；否則王子拯救公主的故事，怎麼沒把同志變成異性戀呢？搞到我身邊的同志都是一堆長得像王子的公主，這肯定是異性戀教育要負的責任，不是嗎？

最後，我還是要感謝並肯定不管是苗博雅還是伴侶盟、立委尤美女、段宜康、林昶佐等人的努力，當然還有蔡英文總統的支持，以及網友們各種不同聲音，訴求不同路線的同志或友同團體們，我們本來就是一家人，一家人本來就會意見不合，但無論如何，這個屋樑柱要撐著，繼續為廣大的同志們撐下去。

代跋　痟敬騰

現在，無論從任何定義來說，我都徹底被他那磁性又充滿爆發力的歌聲迷住了。這是很可怪的事情，幾無脈絡可循地迷戀著一個國語男歌手。畢竟，在他出道之前，我是幾乎不聽國語歌的。

那是個小學女生聽范曉萱、劉若英、李玟；男生聽杜德偉、林志穎、郭富城的年代。到了國中更是壁壘分明，周末老師帶大家到卡拉ＯＫ辦慶生會，張惠妹周杰倫一遍一遍，男生唱男生的歌、女生唱女生的歌，我根本無地置喙。你能想像一個國中男生掐著正在變聲的嗓子大唱張惠妹的「你是我的姊妹你是我的BABY」嗎？現在或許稀鬆平常了，有些年輕的網紅像小學生時代的鍾明軒，一首〈煎熬〉震破天際，紅到二〇一九的現今，大方地說他喜歡男人的胴體。

而我卻在那個灰暗的年代，不敢在大家面前開口唱歌。唱我喜歡的歌。誰都笑我。因為國小國中我都是合唱團高音部，練唱的聲音，聽說經常從音樂教室飄進普通教室內，結果到了卡拉ＯＫ，悶得像隻熟蟹，半聲不敢吭，當然被取笑說是濫竽充數，難怪學校比賽一直輸。

不是我不會唱，而是那些流行歌我實在是唱不好也學不會，點台語歌，又怕他們嘲笑。因為看布袋戲的緣故，除了西卿、陳小雲跟黃妃之外，我最擅長的全都是合唱團常見歌單，什麼〈愛的真諦〉、〈阮若打開心內的門窗〉、〈靜夜思〉，發起聲來喔喔嗚嗚，追求的是圓潤清透的美聲，誰能料到我現在這副模仿蕭敬騰而練就的嘶啞菸酒嗓，曾經是合唱團高音部呢！一直到今天為止啊，才初初聽見台語歌那江湖味、脂粉味甚濃的那卡西前奏，就嚷嚷著要我切歌的，依然大有人在；按以前聽到這等嘲訕，我大概三天不敢出門上學，就怕人家說某某愛唱台語歌，好聳。什麼蔡秋鳳詹雅雯，好土。也不知道是臉皮厚了還是真的掌握了歌唱的訣竅，抑或是終於以會講會唱台語為榮，現在不怕笑，我倒還有點能耐，整首〈醉英雄〉或〈倒退嚕〉唱完，賺他幾個奚落掌聲，已非難事了。

可是那樣始終是不夠的。國中二年級，我就非常清楚，愛唱歌，那就不可能一輩子都只靠台語歌、日本演歌來闖江湖，總得要學點國語歌，跟大家的話題才不致脫節。國語歌本畢竟也是最厚的。眾裡尋他，誤闖過阿杜、張雨生、周杰倫、五月天，總是跟自己的聲線配不上來，零零落落練了半天，有好一段時間，最拿手的歌是伍佰的《浪人情歌》，但不知道是哪個環節出了差池，每次螢幕一跳這首歌，那種帶著偏見的笑聲還是此起彼落。是伍佰的形象太本土，還是這音樂對同年紀的人來說太深？從小聽《黑名單工作室》覺得胡德夫的歌聲很催淚的我，完全無法跟自己的同輩溝通，只能看著他們開開心心合唱《志明與春嬌》，點一首《樹枝孤鳥》卻又被白眼。

標準到底是什麼，我真的不懂。我的國語歌，從此荒腔走板，直到蕭敬騰出現，這才給了我標準答案。

原來是時代的腳步太慢，不是我的歌單出問題。

也就差不多是我開始聽日本演歌的時候，蕭敬騰遇見了他生命中的邦喬飛，我們其實都聽國語歌，也能唱國語歌，但卻各自在不同語言的音樂當中，找到一種不像國語歌那麼油滑黏膩的歌詞與千篇一律的曲風。日本演歌雖然以情歌佔絕多數，但舉凡日本各地民謠、傳統詩吟與邦樂、能樂、歌舞伎、洋派流行樂、甚至法國香頌的旋律或故事，都被融入到演歌的土壤中，成為演歌手的養分，可以細分出本格演歌、流行歌謠、浪花演歌、歌謠浪曲等各種類型。

一如搖滾樂的兼容並蓄，靈魂樂、饒舌、鄉村民謠等等，搖滾樂手各有兼擅，開展出華麗搖滾、金屬搖滾、龐克搖滾等各種樂派，時至今日，搖滾名人堂是全球流行樂最重要的指標之一，能背著搖滾二字登堂入室的，已經不只是歌手音樂人，更是諾貝爾得主、人權捍衛者，以及各種歷史課本都將勢必提及的偉人。

國語歌呢？不管怎麼分，當時最紅的國語歌只有抒情與唱跳兩路，即使是多年後的今天，國語樂壇每每端出的新作品，乃至獲獎各路的金曲銀曲，基調都還是抒情慢歌。而且，真的有哪一個國語歌手開創出前無古人的先河，或是在音樂王國以外建立起什麼影響全世界的功績了嗎？

無怪乎十年後，蕭敬騰的演唱會主題叫做《娛樂先生》。我知道主辦方肯定沒想過，但維摩詰經說了：「先以欲勾牽，後令入佛智。」假使把佛智看作是蕭敬騰對音樂的初衷、理想或抱負，那麼他前十年配合娛樂圈唱些口水情歌、搞點不那麼真確甚至不成團的類搖滾勁歌，就是用他的美色勾牽撩撥眾生吧。人家是出道之後單飛比較紅，他是紅了之後砸錢搞樂團。這個「娛樂先生，再生自己」的演唱會主題，精心貼合了他這個人的特質。我沒記錯的話，他的專屬樂隊也跟了他許多年，天南地北地飛來飛去作表演，曾經因為台灣音樂節目無法每次都配合他的七人樂隊要求而鬧出不少話題。

一個從萬華發跡，在板橋駐唱，前十七年渾渾噩噩的火爆浪子，後來的青春小鼓手，到今天的金曲歌王。我這一生沒看過什麼神蹟顯現，只知道台灣有許多人定勝天。

十年了，從我寫他的第一篇文《有一種精神》，也六年了。事實證明我沒看走眼，即使在我看走眼過這麼多男人之後，但凡只要是才藝過人的男人，我倒是沒失過準頭。他的造型向來維持中性風格，二〇一六年更直言：「因為只有愛終將能獲得勝利。」聲援同志平權的愛最大音樂會。接受記者採訪，他也自爆說性別不是愛情裡最要緊的問題，歌路寬廣男女通殺，二〇一八年穿起了名牌女裝、女珠寶，卻又不掩他的天真玩性。

他雖然不認識我，但卻完全沒有辜負我對他的愛。彷彿我們之間，有著某種雙向往來的管道，憑靠著他的歌聲，我觸及他的靈魂而他也如是。在幾乎絕望的闇夜裡互通有無。

一路顛簸，太多人扶持著我這樣的性少數，蕭敬騰無疑是那其中一根支柱，他反覆地告訴我：「如果有悲傷，那是過程中的收藏。」點點滴滴，收藏著他的聲音、他的照片、他的消息至今，並持續下去。

273　代跋　痟敬騰

國家圖書館出版品預行編目 (CIP) 資料

違憲紀念日 / 唐墨作 . -- 初版 . -- 臺北市 : 奇異果文創 , 2018.12
280 面 ; 14.8×21 公分 . -- (說故事 ; 10)
ISBN 978-986-97055-5-4(平裝)

848.6　　107022496

說故事 010

違憲紀念日

作　　者　唐墨
美術設計　Akira Chou
執行編輯　周愛華

總 編 輯　廖之韻
創意總監　劉定綱
企劃編輯　許書容

法律顧問　林傳哲律師 / 昱昌律師事務所

出　　版　奇異果文創事業有限公司
地　　址　臺北市大安區羅斯福路三段 193 號 7 樓
電　　話　(02) 23684068
傳　　真　(02) 23685303
網　　址　https://www.facebook.com/kiwifruitstudio
電子信箱　yun2305@ms61.hinet.net

總 經 銷　紅螞蟻圖書有限公司
地　　址　臺北市內湖區舊宗路二段 121 巷 19 號
電　　話　(02) 27953656
傳　　真　(02) 27954100
網　　址　http://www.e-redant.com

印　　刷　永光彩色印刷股份有限公司
地　　址　新北市中和區建三路 9 號
電　　話　(02) 22237072

初　　版　2018 年 12 月 29 日
I S B N　978-986-97055-5-4
定　　價　新台幣 330 元